·语 文 阅 读 推 荐 丛 书·

中国寓言故事精选

人民文学出版社编辑部／编选

人民文学出版社

图书在版编目（CIP）数据

中国寓言故事精选／人民文学出版社编辑部编选. —北京：人民文学出版社，2018（2024.5重印）
（语文阅读推荐丛书）
ISBN 978-7-02-013772-5

Ⅰ.①中… Ⅱ.①人… Ⅲ.①寓言—作品集—中国 Ⅳ.①I277.4

中国版本图书馆 CIP 数据核字（2020）第 138472 号

责任编辑　于　敏
装帧设计　李思安　崔欣晔
责任印制　王重艺

出版发行　人民文学出版社
社　　址　北京市朝内大街 166 号
邮政编码　100705

印　　刷　北京华宇信诺印刷有限公司
经　　销　全国新华书店等

字　　数　88 千字
开　　本　650 毫米×920 毫米　1/16
印　　张　12.25　插页 1
印　　数　232001—235000
版　　次　2018 年 4 月北京第 1 版
印　　次　2024 年 5 月第 34 次印刷

书　　号　978-7-02-013772-5
定　　价　20.00 元

如有印装质量问题，请与本社图书销售中心调换。电话：010-65233595

出版说明

从2017年9月开始,在国家统一部署下,全国中小学陆续启用了教育部统编语文教科书。统编语文教科书加强了中国优秀传统文化教育、革命传统教育以及社会主义先进文化教育的内容,更加注重立德树人,鼓励学生通过大量阅读提升语文素养、涵养人文精神。人民文学出版社是新中国成立最早的大型文学专业出版机构,长期坚持以传播优秀文化为己任,立足经典,注重创新,在中外文学出版方面积累了丰厚的资源。为配合国家部署,充分发挥自身优势,为广大学生课外阅读提供服务,我社在总结以往经验的基础上,邀请专家名师,经过认真讨论、深入调研,推出了这套"语文阅读推荐丛书"。丛书收入图书百余种,绝大部分都是中小学语文课程标准和统编语文教科书推荐阅读书目,并根据阅读需要有所拓展,基本涵盖了古今中外主要的文学经典,完全能满足学生成长过程中的阅读需要,对增强孩子的语文能力,提升写作水平,都有帮助。本丛书依据的都是我社多年积累的优秀版本,品种齐全,编校精良。每书的卷首配导读文字,介绍作者生平、写作背景、作品成就与特点;卷末附知识链接,提示知识要点。

在丛书编辑出版过程中,统编语文教科书总主编温儒敏教授,给予了"去课程化"和帮助学生建立"阅读契约"的指导性意见,即尊重孩子的个性化阅读感受,引导他们把阅读变成一种兴趣。所以本丛书严格保证作品内容的完整性和结构的连续性,既不随意删改作品内容,也不破坏作品结构,随文安插干扰阅读的多余元素。相信这套丛书会成为广大中小学生的良师益友和家庭必备藏书。

人民文学出版社编辑部

2018年3月

目　次

导读 ………………………………………………… *1*

五十步笑百步 …………………………… 《孟子》 *1*
揠苗助长 ………………………………… 《孟子》 *3*
何待来年 ………………………………… 《孟子》 *4*
东施效颦 ………………………………… 《庄子》 *5*
鲁侯养鸟 ………………………………… 《庄子》 *6*
涸辙之鲋 ………………………………… 《庄子》 *7*
曲高和寡 ………………………………… 宋　玉 *9*
二人相马 ………………………………… 《韩非子》 *10*
滥竽充数 ………………………………… 《韩非子》 *11*
买椟还珠 ………………………………… 《韩非子》 *12*
棘刺母猴 ………………………………… 《韩非子》 *13*
画鬼最易 ………………………………… 《韩非子》 *14*
郑人买履 ………………………………… 《韩非子》 *16*
曾子杀猪 ………………………………… 《韩非子》 *17*
狗猛酒酸 ………………………………… 《韩非子》 *19*
自相矛盾 ………………………………… 《韩非子》 *20*
疑邻窃斧 ………………………………… 《吕氏春秋》 *22*

逐臭之夫	《吕氏春秋》	23
刻舟求剑	《吕氏春秋》	25
利令智昏	《吕氏春秋》	26
穿井得一人	《吕氏春秋》	28
掩耳盗钟	《吕氏春秋》	29
生木造屋	《吕氏春秋》	30
狐假虎威	《战国策》	31
惊弓之鸟	《战国策》	32
南辕北辙	《战国策》	34
千金买首	《战国策》	35
鹬蚌相争	《战国策》	37
杞人忧天	《列子》	38
朝三暮四	《列子》	40
燕人还国	《列子》	41
愚公移山	《列子》	43
关尹子教射	《列子》	45
九方皋相马	《列子》	46
叶公好龙	刘 向	48
曲突徙薪	刘 向	49
鲁人执竿	邯郸淳	50
对牛弹琴	《弘明集》	52
与狐谋皮	苻 朗	53
郑人乘凉	苻 朗	54
公输刻凤	刘 昼	55
折 箭	魏 收	56
杯弓蛇影	房玄龄	57

临江之麋	柳宗元	58
黔之驴	柳宗元	59
恃胜失备	沈 括	60
非其父不生其子	《艾子杂说》	61
越人溺鼠	宋 濂	62
迂儒救火	宋 濂	63
古琴高价	刘 基	65
象 虎	刘 基	66
患在鼠	刘 基	68
常羊学射	刘 基	69
疑人窃履	刘元卿	70
猩猩嗜酒	刘元卿	71
南岐之人	刘元卿	72
黠猱媚虎	刘元卿	74
争 雁	刘元卿	75
万 字	刘元卿	77
鸲鹆学舌	庄元臣	78
医驼背	江盈科	79
大 鼠	蒲松龄	80
蜀鄙之僧	彭端淑	81
立 论	鲁 迅	83
螃 蟹	鲁 迅	84
古 城	鲁 迅	85
旅行者和海潮	冯雪峰	87
一个采白芷花的城里人	冯雪峰	88

异想天开的老鼠	冯雪峰	89
两只猴子的相互监视和一场风波	冯雪峰	90
大山的笑	冯雪峰	92
野　牛	张天翼	94
狼和蚊子	张天翼	95
狐	张天翼	96
习　惯	严文井	97
老虎从来不吹牛	韶华	98
浮　云	仇春霖	99
金　蛋	黄瑞云	101
两条小鱼	薛贤荣	102
木偶探海记	刘征	103
破旧的小木桥	钱欣葆	105
狐狸和狗	孙传泽	106
淤泥中的"珍珠"	马达	107
看蜘蛛织网	韦伟	108
两兄弟	梁临芳	109
鼹鼠斗大象	邱国鹰	111
小刺猬	彭万洲	113
虾的长枪	俞春江	114
爱面子的乌鸦	汤礼春	116
信　心	陈忠义	118
两只熊	许润泉	120
父母心	刘毅新	121
狐狸的遗言	马长山	123
孤芳自赏的圆规	海代泉	124

小马过河	彭文席	125
车轮和陀螺	徐强华	128
大　海	陈乃详	129
治伤妙法	柯玉生	130
麻雀求证	干天全	131
眼睛、嘴巴、耳朵的对话	王广田	132
爱埋怨的脚	孙三周	134
蜻蜓的劝导	蓝芝同	136
登　高	金雷泉	137
啄木鸟医生	冰　子	138
樵夫和大树	张孝成	140
喜欢过日子的青蛙	邱来根	141
想吞天池的老虎	王伯方	142
先长成大树	范　江	144
驴和狐狸	周冰冰	146
老虎种胡萝卜	胡鹏南	148
自私的驴	邹海鹏	150
两只猴子与一个桃子	林锡胜	151
马厩里的千里马	葆　劼	152
蜘蛛与牡丹	吴礼鑫	153
蚂蚁和狮子	张培智	154
侦探与小偷	叶永烈	156
瓜们的寓言	高　也	159
乌龟与蝴蝶	桂剑雄	161
瓶子里的沙蜂	郑钦南	162
海中的蛟龙	肖邦祥	164

一只拥有太阳的老鼠	牟丕志	*165*
蚂蚁的醒悟	吕华阳	*167*
竹笋和松树	何志汉	*168*
鹰和百灵	林植峰	*169*
一个萝卜一个坑	李菊香	*170*
蜗牛求友记	瞿光辉	*172*
度　量	余　途	*175*
大鱼和小鱼	陈巧莉	*176*
小蜘蛛得到了爱	陈必铮	*178*
山溪与大海	黄继先	*180*

知识链接 …………………………………………… *181*

导　读

　　寓言是一种用比喻故事来说明道理的文学作品,大都以简短的结构、鲜明的形象、夸张与想象的艺术手法,阐明某种道理,或讽刺某种社会现象。

　　寓言最基本的特征是主题有寄寓性。它总是以此喻彼,以浅喻深,以近喻远,以小喻大,以古喻今。总之,寓深刻复杂的道理于浅显简单的故事之中。例如人们所熟知的《守株待兔》,重点绝不在于说明用什么方法可以逮住野兔,而是通过这样一个简单浅显的故事,讲出一个普遍而又抽象的道理:如果把事物发展的偶然性当成必然性,一心一意地期待这种偶然性的再次出现,结果必然是毫无所得。有些讽刺性的寓言,表面似乎只是一个笑话,如《迂儒救火》中迂儒"成阳肭",事情到了危急关头还一味讲究客套、排场,读来令人莞尔一笑。但是只要稍加思索就会发觉,该寓言除了讽刺某些人的书呆子作风外,还有着更普遍更深刻的含义。

　　由于这一特征,寓言虽然也有人物或动物、植物拟人化的形象,但又不要求过细的人物性格刻画;虽然有故事性,但又不要求情节过分的曲折复杂;虽然也有夸张与想象,但又不能脱离社会现实走向荒诞离奇。这些特征把寓言同其他文学作品,诸如神话、童话、笑话、志怪小说等区别开来。

人们写作寓言的目的是为了说明道理,它用不着过多的抒情和细节描写,所以笔法总是很简练,常常只用寥寥数笔就勾出一个轮廓,这一点与现代漫画的笔法非常相似。这种寓言故事的典型写法,在本书中的古代寓言故事部分比比皆是。

寓言从神话中产生,从民间故事中来。寓言是智慧的艺术,从认识论的角度看,尤其如此。因为它不仅教人分辨是非善恶,而且是用令人心悦诚服的方式来接受道理的,没有智慧是无法做到这一点的。有时它的方式也很含蓄,尤其是当它被作为一种进言的思想武器使用的时候,因此从另一个角度看,它也是一种含蓄的艺术。春秋战国时期,寓言被运用得很广泛,政客和政治家们为了实现自己的政治理想,不得不去说服执政者接纳自己的主张,他们通常都喜欢在自己的演说中增加一些极有说服力的寓言故事,让执政者兴趣盎然地听完后,了然于心、心悦诚服地改变自己原本的想法。这就是寓言智慧和含蓄的魅力所在。

本书精选的我国古代寓言部分,按照思想内容,可以概括成三类。

第一类是以生动活泼的比喻,讲述深刻的哲理,不仅给人以美的享受,而且给人以智慧。我国自先秦开始就出现了许多哲理性很强的寓言,形成了中国古代寓言的一大特色。其中有很多闪耀着朴素唯物主义或辩证法的思想光辉。比如选入本书中的《画鬼最易》说明从客观实际出发,按客观规律办事是最难的,非得下苦功不可;而远离实际凭空捏造,反而是容易的。

还有更多的寓言从反面辛辣地讽刺了唯心主义、形而上学的种种表现,惟妙惟肖地刻画了死抱住形而上学不放的种种丑态。《揠苗助长》告诉人们,违反客观规律而做出的愚蠢行为,是多么荒唐可笑;《穿井得一人》说明不进行调查研究,只凭道听途说和主观推想,就难免出差错;至于《郑人买鞋》里的郑人,更是教条主义的典范。

第二类是具有"劝善惩恶"性质的,其中很多篇章都给人以积极的启示。如《何待来年》劝人有错就改,不要借故推托、明知故犯;《恃胜失备》教育人们不要骄傲自满,盲目轻敌。

第三类是"揭发伏藏,显其弊恶",具有讽刺性的。如《争雁》批评了那种崇尚空谈,总喜欢进行毫无意义的争辩的风气;《黠猱媚虎》指明了喜欢奉承、厌恶批评都会自食恶果等。

此外还有专讲学习态度、学习方法以及斗争艺术的篇章,特别是关于伯乐相马的故事,今天读来更觉得有新的意义。

我国古代寓言对后世文学创作和语言的发展都有很大的影响,许多著名的寓言早已凝练成人们熟知的成语,丰富了汉语,成为中华传统文化的一部分,是约定俗成的文化现象。

而我国的现代寓言故事,一方面继承了古代寓言故事的优秀传统,一方面接受了外国寓言故事的影响。从"五四"以来就产生了不少新的寓言作品。

著名作家冯雪峰,是我国创作新寓言较早、数量较多、成就较大的作家。他在创作上进行了大胆的探索和勇敢的创造。他的寓言富有哲理,又饱含诗意。本书精选了几篇,读者可以细细感受他创作的寓言故事的特点。

鲁迅先生也创作了一些寓言,如《聪明人和傻子和奴才》《立论》等,寓意深刻,引人思索。

著名作家张天翼也创作了许多发人深省、尖锐犀利的寓言。这几位作家的寓言故事本书皆有收录。

中华人民共和国成立以来,涌现出了一批新的寓言作者,运用现实的题材,创作了崭新的、充满生活气息的寓言,无论在艺术的高度、深度和广度上,都获得了一定的成就,显示了我国寓言创作的新气象。

著名作家严文井对寓言有这样一段描述:"寓言是一个魔袋,袋子很小,却能从里面取出很多东西来,甚至能取出比袋子大得多的东西;寓言是一个怪物,当它朝你走来时,分明是一个故事,生动活泼,而当它转身要走的时候,却突然变成了一个哲理,严肃认真;寓言是一座奇妙的桥梁,走过它,你的行囊里就装满了很多好东西,你也长大了,变得美丽了。"

寓言是处世的哲学,是辩理的明灯,是智慧的闪光,是含蓄的艺术。本书精选了中国古今多篇寓言以飨读者,希望能使读者们得到启迪,有所获益。

人民文学出版社编辑部

五十步笑百步

《孟子》

梁惠王问孟子:"我对于国家,总算是尽心了吧!河内年成不好,我就把河内的灾民移到河东去,把河东的粮食调到河内来。河东荒年的时候,我也同样设法救灾……看看邻国的君主,还没有像我这样关心百姓的。可是邻国的百姓并没有减少,我的百姓也并不增多,这是什么道理呢?"

孟子回答说:"大王喜欢打仗,请允许我用打仗来做比方吧。战鼓咚咚敲起,双方刚刚交锋,上阵的人就丢盔卸甲拖着刀枪逃跑。有的人逃了一百步停下来,有的人逃了五十步停下。这时如果逃了五十步的嘲笑逃了一百步的胆小怕死,应不应该呢?"

梁惠王说:"当然不可以。他们只不过没有跑到一百步罢了,但同样也是逃跑啊!"

孟子说:"大王既然懂得了这个道理,那就不要希望你的百姓比邻国的多了。"

五十步笑百步

揠苗助长

《孟子》

宋国有个人,嫌他的庄稼长得太慢,便一棵棵地把它们拔高,然后非常疲乏地回到家里,对家里人说:"今天可把我给累坏了!我帮田里的庄稼苗长高了一大截!"他儿子觉得很奇怪,跑到田边一看,田里的苗儿都已经枯死了。

何 待 来 年

《孟子》

　　有一个人，天天偷邻居家的鸡，别人劝他："这样做，不是正派人的行为。"他说："那我就从少偷几次开始，每月偷一只，等到明年再完全停手。"

　　已经知道这样做不对，就应该马上停止，为什么还要等到明年呢？

东施效颦

《庄子》

从前,越国有个出名的美女,名字叫西施。西施因为心口痛,经常用双手捂着胸口,紧锁眉尖。附近的一个丑女见了,觉得这样子很美,回去以后也学着西施的样子,捧着心口,皱着眉头。结果,只要东施一出家门,乡人就赶紧把大门关紧,或者拉着自己的妻儿远远地躲开。

这个丑女以为西施皱眉的样子美,所以她皱眉也好看,却不知道为什么西施皱眉的样子美。

鲁侯养鸟

《庄子》

从前有只海鸟落到鲁国的郊外。鲁侯亲自迎接它到祖庙中饮酒,命宫廷乐师演奏最隆重的《九韶》乐曲请它欣赏;又派人摆上最上等的供品请它享用。海鸟被这种盛大的场面吓得头晕眼花,惊恐悲伤,不敢吃一块肉,也不敢喝一杯酒,过了三天便在极度惊吓和忧郁中死去了。

鲁国国君这是用供养自己的一套做法来养鸟,而不是用养鸟的办法去养鸟,结果只能是事与愿违。

涸辙之鲋

《庄子》

庄周家境贫寒,因此到监河侯那里去借粮。监河侯说:"好。我快要收得年终老百姓纳的税金了,那时就借给您三百金,行吗?"

庄周气得脸色都变了,说:"我昨天来的时候,听到路上有呼救声。我环顾四周,看见干涸的车辙里有条鲋鱼在那儿。我问它:'鲋鱼啊,你是做什么的呀?'鲋鱼回答说:'我是东海龙王爷的当差。您难道没有一升半斗的水来救活我吗?'我说:'好吧。我要去南方游说吴越的国王,引西江水接你,可以吗?'鲋鱼气得脸上变了色,说:'我失去平素相依的水,就没有存身的地方了。我只要得着一升半斗的水就能活命。您不立刻救我的命,却说这样的空话,还不如早点到干鱼铺子去找我呢!'"

涸辙之鲋

曲高和寡

宋 玉

以前有位歌唱家来到楚国的郢都唱歌,当他开始演唱通俗歌曲《下里》和《巴人》时,国都中跟着他唱的有好几千人;接着他唱起了民谣《阳阿》和《薤露》,跟着唱的还有几百人;随后他又唱起了高雅的《阳春》《白雪》,跟着唱的就只剩几十人了;等他唱起高亢婉转、音调多变的乐曲时,能够跟着唱的就只有几个人了。曲调越是高雅深奥,能跟随和唱的人就越少。

二人相马

《韩非子》

伯乐教两个人辨认爱踢人的马,这两个人便一起到赵简子的马棚里去实地观察。其中一个指出一匹爱踢人的马,另一个便到后面去抚摩马屁股,摩来摩去马却不踢。前一个人便以为自己看错了。后一个人便说:"您并没有看错。就这匹马来说,它的肩膀扭伤,前腿膝盖也肿了。凡是爱踢人的马,当它举起后腿要踢时,全身重量就落到了前腿上;前膝肿胀便不能支撑全身的重量,所以后腿就抬不起来了。您很会辨认爱踢人的马,却没看出前膝肿胀对于后腿的影响。"

滥竽充数

《韩非子》

　　齐宣王让人吹竽,一定要听三百人的合奏。有位南郭先生也来请求为齐宣王吹竽,齐宣王很高兴。官府给他的待遇同那几百人一样。宣王死去,湣王继位,他喜欢听乐工一个一个地独奏,南郭先生便逃走了。

买椟还珠

《韩非子》

　　楚国有个商人到郑国去卖珍珠。他先用木兰做了个盒子,又用桂木和花椒把盒子熏香,然后镶缀上珍珠宝玉,装饰上玫瑰石,再装嵌上绿翡翠。有个郑国人买下了他的盒子,却把匣子里面的珍珠还给了他。

棘刺母猴

《韩非子》

燕王张贴榜文,征求身怀绝技的能工巧匠。有个卫国人来应征,自称能在棘刺尖上雕出活灵活现的母猴。燕王听了很高兴,便用优厚的待遇供养他。一天,燕王说:"我想看看你所雕刻的棘刺母猴。"这个卫国人说:"国君要想看到它,必须半年之内不进后宫,不喝酒,不吃肉,然后在雨停日出、似明似暗的一刹那才能瞧见它。"燕王一听,没法照办,只好继续供养他,却始终没办法看到他的棘刺母猴。

有个在官府服役的铁匠前来对燕王说:"我是打刀的,我知道一切微小的东西都要用小刀刻削,所刻削的东西一定要比刻刀的刀刃大;如果棘刺尖小得容纳不下最小的刀刃,那就没法在上面雕刻。请王去瞧瞧那位客人的刻刀,就可以知道他究竟会不会刻了。"燕王说:"好主意!"于是立即把那个卫国人叫来,问道:"你在棘刺尖上雕母猴,是用什么工具?"客人说:"用刻刀。"燕王说:"我想看看你的刻刀。"客人说:"请让我回到住处去取吧。"于是便趁机溜走了。

画 鬼 最 易

《韩非子》

有位客人来给齐王画画,齐王问他:"画什么最难?"客人答道:"画狗画马最难。"齐王又问:"画什么最容易?"答道:"画鬼怪最容易。狗马是人人皆知的,从早到晚随时都可以见到,不能任意虚构,要想画得像是不容易的,所以最难画。鬼怪是没有具体形象的东西,我们看不见它,想怎么画就怎么画,所以画起来最容易。"

画鬼最易

郑人买履

《韩非子》

郑国有个人,打算去买鞋。他先量了量自己的脚,记下尺码,放在座位上;等到去集市的时候却忘记了带它。鞋已经挑选好了,他才忽然想起来,说道:"我忘记带尺码了。"说罢,急忙回家去取。等他赶回来的时候,集市已经散了,于是没买到鞋。有人问他:"你怎么不用脚试试呢?"他说:"量的尺码才可靠。我宁可相信尺码,也不相信自己的脚。"

曾子杀猪

《韩非子》

　　曾子的妻子要到集市去,她的孩子跟在后面哭哭啼啼。她就对孩子说:"你回去,等我回来给你杀猪吃。"妻子刚从集市回来,曾子就要去抓猪,准备杀掉它给孩子吃,妻子制止他说:"我只不过是和小孩子说着玩罢了。"曾子说:"小孩子是不能随便开玩笑的。他们没有分辨能力,都是听从父母的教导来学习各种事情。现在你欺骗他,这是在教孩子骗人呀!做母亲的欺骗孩子,孩子也就不会相信他的母亲。这不是教育孩子的办法啊。"于是就把猪杀了,肉放到锅里煮了。

曾子杀猪

狗猛酒酸

《韩非子》

宋国有个卖酒的人,买卖公道,对顾客也很恭敬,酿的酒又醇又美,酒店的幌子也挂得高高,然而却没什么顾客来。贮积的酒卖不出去,时间一长,酒都变酸了。他觉得很奇怪,就向人询问是什么原因。问到一位名叫杨倩的长者时,杨倩说:"是你的狗太凶猛啦!"他疑惑地问:"狗凶,跟酒卖不出去有什么关系?"杨倩答道:"人们怕狗呀。有的人家让孩子拿着钱提上酒壶、酒瓮来打酒,而这只狗迎上去就咬。这就是酒卖不出去而变酸的原因。"

自相矛盾

《韩非子》

　　楚国有个卖盾和矛的人,他先夸他的盾说:"我的盾很坚固,任何武器也刺不破它。"接着又夸他的矛说,"我的矛很锐利,没有什么东西是它穿不透的。"有人质问他:"如果拿你的矛去刺你的盾,结果会怎样?"那人哑口无言,答不上来了。本来嘛,坚不可破的盾和无坚不穿的矛是不能同时存在的。

自相矛盾

疑邻窃斧

《吕氏春秋》

　　有个人丢了一把斧子,怀疑是邻居的儿子偷去的,就很注意他,总觉得邻居的儿子走路的样子、脸上的表情、说起话来无一不像是偷斧子的人:总之,一举一动,怎么看怎么像偷了斧子的样子。后来他在家里淘水沟,找到了这把斧子。过了几天,再看见邻居的儿子,无论是动作还是态度,再也不像是偷他斧子的人了。

　　邻居的儿子并没有变,是他自己的心态变了;发生这种变化的原因没别的,主观偏见有所归咎罢了。

逐臭之夫

《吕氏春秋》

有个人身上有股很大的臭味,他的父母、兄弟、妻妾、朋友,都不肯靠近他,和他交往。他感到非常苦恼,便远离亲友,迁居海边。海边却有一个人非常喜欢他身上的臭味,白天黑夜都跟随着他,一步也舍不得离开。

逐臭之夫

刻舟求剑

《吕氏春秋》

　　有个楚国人乘船渡江,他的佩剑从船上掉到水里,他急忙在船沿上刻了一个记号,说:"这儿是我的剑掉下去的地方。"船停住后,他就顺着船沿上的记号下水去找。
　　船已经前行了很远,然而剑却不会随船前进;用这种方法来找剑,不是太糊涂了吗?

利令智昏

《吕氏春秋》

　　齐国有个人一心想弄到金子,清早起来穿戴整齐,径直走到卖金子的处所,看见有人手中拿着金子,伸手就抢。官吏把他逮住捆绑起来,问道:"这么多人都在这儿,你为什么公然抢人家的金子?"他回答道:"我根本就没看到人,只看见金子了。"

利令智昏

穿井得一人

《吕氏春秋》

宋国有家姓丁的,家里没有水井,要到很远的地方去担水,因此常占用一个劳动力在外专管打水。

后来他家里打了一口井,再也不用出去担水了,他就对别人说:"我们家打了井以后多出一个人来。"听见这话的人传开了:"丁家打井挖出一个活人来。"国都中的人都在谈论这件事,一直传到了宋国国君那里。

宋国国君派人向丁家问明情况。丁家人回答道:"我说的是多出一个劳动力,并不是说从井里挖出一个人来。"

掩耳盗钟

《吕氏春秋》

晋国贵族范氏战败逃亡的时候,有人趁机偷了一口钟。这人想背上逃跑,但是钟很大,背不动。于是想用锤子把钟砸碎,刚一砸,钟"锽锽锽"地响,声音很大。他生怕别人听到响声,来把钟夺走,就急忙捂住了自己的耳朵。

怕别人听见声音,这是可以理解的;但是以为捂住自己的耳朵别人就听不到了,这真是太荒谬了。

("掩耳盗钟"后来演化成"掩耳盗铃")

生木造屋

《吕氏春秋》

　　高阳应打算盖一所房子,木匠对他说:"不行啊!木材还没干,如果把泥抹上去,一定会被压弯。用新砍下来的湿木料盖房子,刚盖成虽然看起来挺牢固,可是过些日子就要倒塌了。"高阳应说:"照你的话,我这房子倒是保险坏不了——因为日后木材越干越硬,泥土越干越轻,以越来越硬的木材承担越来越轻的泥土,房子就坏不了。"木匠无话可答,只得听从他的吩咐去做。房子刚盖成的时候看起来挺壮观,以后果然倒塌了。

狐假虎威

《战国策》

老虎搜捕各种野兽来吃,捉到了一只狐狸。狐狸说:"你是不敢吃我的!上天叫我做百兽之王,你若是吃我,就违背上天的意旨了。你如果不相信我的话,我在前头开路,你跟在我后面,看看那些野兽见了我,有哪一个敢不跑开的。"老虎信以为真,于是就跟狐狸同行。野兽们见了老虎,纷纷跑开了。老虎不知道那些野兽是害怕自己才逃走的,还以为它们真是害怕狐狸呢。

惊弓之鸟

《战国策》

　　更羸陪同魏王在高台子下面,抬头看见远处有一只大雁。更羸对魏王说:"我不放箭虚拉弓弦,就能射下那只鸟来。"魏王说:"难道射箭的本领竟可以达到这样高的地步吗?"更羸说:"可以。"

　　过了一会儿,那只雁从东方飞过来了,更羸就拿起弓拉了一下空弦,那只雁就从半空中落了下来。魏王惊叹道:"射箭的本领竟可以达到这种地步吗?"更羸说:"这是一只受了伤的失群孤雁哪!"魏王问:"先生怎么知道的呢?"更羸回答说:"它飞得缓慢而叫得悲惨——飞得慢呢,是旧伤疼痛;叫得惨呢,是长久失群。旧伤没有长好而惊恐的心理还没有消除,一听见弓弦响便急忙展翅高飞,这就引起伤口迸裂,而从高处掉落了下来。"

惊弓之鸟

南辕北辙

《战国策》

魏王想要攻打邯郸,季梁听说这件事后顾不得出使任务,从半路折回,衣服褶子也来不及熨烫,满头尘土也来不及梳洗,急急忙忙去拜见魏王,说:

"这次我从外面回来,碰见一个人在太行山,正向北拉着他的车驾,告诉我说:'我要去楚国。'

"我说:'您去楚国,为什么往北走呢?'

"他说:'我的马很精良。'

"我说:'你的马虽然好,可这不是去楚国的路啊。'

"他说:'我的路费很多。'

"我说:'你的路费虽然多,可这不是去楚国的路啊!'

"他说:'我的马夫驾车本领高。'

"他不知道方向错了,这几个条件越好,距离楚国就越远啊!现在您动不动就想称霸成王,一来就想取得天下人的信任,依仗着您国家大、军队精锐,而去攻打邯郸,来扩展领地抬高声威。殊不知您这样的行动越多,距离统一天下为王的可能就越远了,正像去楚国而向北走一样啊。"

千金买首

《战国策》

古时候有个国君，愿意出千金高价购买千里马，可是三年过去了，千里马仍没有买到。这时一个侍臣对国君说："请允许我去找一下吧！"国君就派他去了。三个月后打听到某地有一匹千里马，但这匹马已经死了，他便用五百金买下了马头，带回来献给国君。国君大怒道："我要的是活马，你怎么会浪费我五百金买匹死马回来？"侍臣回答道："您连死马都要花五百金买下，何况是活马呢？消息传出，天下人一定认为您善于买马，千里马很快就会送上门来了。"果然，不到一年，送到国君这里的千里马就有三匹。

千金买首

鹬蚌相争

《战国策》

　　一只河蚌从水里出来,正张开两壳晒太阳,一只鹬飞过来啄食它的肉,蚌急忙并起两壳,紧紧地钳夹住鹬的嘴。鹬说:"今天不下雨,明天不下雨,就会干死你。"蚌也对鹬说:"今天不放你,明天不放你,就会饿死你。"两下里相持不下,谁也不肯放弃,结果一个渔夫走过来,把它们一起捉去了。

杞人忧天

《列子》

杞国有这样一个人,害怕天会塌地会陷,自己无处存身,于是慌得觉也睡不着,饭也吃不下。有个人为他担心,便去开导他说:"天不过是积聚起来的气体罢了,没有什么地方是没有空气的。你一俯一仰、一呼一吸,整天都在天空的气体里面活动,怎么还担心它会塌落下来呢?"

这个人说:"天如果真是气体,那么日月星辰不就会掉下来吗?"开导他的人说:"日月星辰也只不过是气体中会发光的罢了;即使掉下来,对人也不会有什么伤害。"

这人又说:"那如果地陷下去了又怎么办呢?"开导他的人说:"地不过是堆积的土块罢了,土块塞满了四方,没有什么地方是没有土块的。你走着站着,整天都在地上活动,怎么还担心地会陷下去呢?"

这人听了,这才消除了忧虑,高兴起来;开导他的人见他解除了忧愁,也十分欢喜。

杞人忧天

朝 三 暮 四

《列子》

宋国有个养猴子的老人,很喜欢猴子,家里养了一大群。他能了解猴子的意思,猴子也很会讨主人的喜欢。养猴人宁愿减少自己家人的口粮,也要让猴子吃饱。

不久,他家里粮食不够了,便打算限制猴子的食量;又怕猴子不再顺从自己,于是便哄骗它们说:"分给你们橡栗,早晨三个,晚上四个,够吃的吧?"众猴子听了,都跳起来发脾气。过了一会儿,养猴人又说:"分给你们橡栗,早晨四个,晚上三个,够了吧?"众猴子听了,都高兴地趴伏在地上。

燕人还国

《列子》

有个燕国人,在燕国出生,在楚国长大,老了的时候回燕国去。在路过晋国的时候,同路的人故意骗他,指着晋国的城对他说:"这就是燕国的城。"那人听了脸上立马变得凄怆。同路的人又指着一座神社说:"这就是你乡里的神社。"那人听了大为感慨,深深地叹了口气。同路的人又指着一幢房子对他说:"这就是你祖先的房屋。"那人心中酸楚,眼泪止不住直流下来。后来同路的人又指着一座坟墓对他说:"这是你祖先的坟墓。"这时那人便忍不住哭起来了。

同路的人不觉哈哈大笑起来,说:"我刚刚都是骗你的,这里是晋国呀!"那人大为惭愧。

及至来到燕国,真的看见燕国的城郭和神社,真的看见他祖先的房屋和坟墓,悲伤的心情反而变得淡薄了。

燕人还国

愚公移山

《列子》

　　太行和王屋这两座山,方圆七百里,高达七八千丈。它们原本坐落在冀州以南,河阳以北。山北面住着一个叫愚公的老人,已经快九十岁了,他的家面对着高山,苦于大山的阻塞,每次出入都必须绕很远的路才行。于是愚公把全家召集在一起商量,说:"我打算和你们一起用尽一切力量来铲除这两座险峻的高山,使道路直通到豫南,一直到汉水的南岸。你们说可以吗?"大家都纷纷表示赞同。他的老伴可有点怀疑,说:"就凭你这点力气,恐怕连魁父这样的小山丘也不能铲平,对太行、王屋这样的大山又有什么办法呢?再说,动工后,石头和泥土往哪儿放呢?"众人说:"把它扔到渤海的后面,隐土的北边。"

　　于是愚公就率领着自己儿孙中能挑担子的三个人,凿石挖土,用畚箕装土石运到渤海的边上。他的邻居京城氏的寡妇有个孤儿,刚七八岁,也蹦蹦跳跳地来帮忙。夏去冬来,经过一年,他们才往返了一次。

　　河曲的智叟用讥笑的口气来劝阻愚公,说:"你真太傻了,就凭你这年老体衰的力气,恐怕连山上的一根毫毛也动不了,又能把这大山的石头和泥土怎么样呢?"愚公深深地叹了口气说:"你思想顽固到了不能改变的地步,还不如人家孤儿寡妇呢。即使我死了,还有我儿子在呢;儿子又生孙子,孙子又生儿子;儿子又有儿子,儿子又有孙子。子子孙孙是没有穷尽的,可是这两座山却不会再增高了,为什么还怕挖不平呢?"智叟张口结舌,无言答对。

　　山神听说了愚公要平山的消息,害怕他们无休止地干下去,便向天帝禀告了这件事。天帝被愚公的诚心所感动,就命令夸蛾氏的两个儿子背走了这两座大山,一座放在朔东,一座放在雍南。从此以后,冀州的南部,直到汉水的南边,再也没有高山阻碍了。

关尹子教射

《列子》

关尹子是著名的箭术教师,列子跟他学射箭。列子已经能射中了,便去请教关尹子。关尹子问他:"你知道你能够射中的道理吗?"列子回答说:"不知道。"关尹子说:"不行!你还不能算是学会射箭了。"列子回去继续练习了三年,然后来向关尹子报告自己的成绩。关尹子又问道:"你知道你能够射中的道理了吗?"列子说:"知道了。"关尹子说:"可以了,你已经学成了。今后要牢牢记住这个道理,不要轻易丢掉。不仅射箭应该这样,治理国家和做人也都应这样。"

九方皋相马

《列子》

　　秦穆公对伯乐说:"你年纪大了,你的家族中还有能够派出去寻找好马的人吗?"

　　伯乐回答说:"一般好马从形体、外貌筋络、骨架上可以看出来。最难的是识别天下绝伦之马,要从内在来分辨,而那是若隐若现、若有若无的;像这样的马奔驰起来,是足不扬尘、过不见迹的。我的子侄们都是些下等的人才,他们能够认出什么是好马,却辨不出天下绝伦之马。我有个靠挑担卖柴为生的朋友叫九方皋,他相马的能力不在我之下。请让我把他推荐给您。"

　　秦穆公召见了九方皋,派他出去寻找好马。三个月之后,他回来报告说:"宝马已经找到了,就在沙丘那里。"秦穆公问:"是什么样的马?"九方皋回答说:"是黄色的母马。"秦穆公派人去把马牵来,却是匹黑色的公马。秦穆公很不高兴,把伯乐叫来,对他说:"糟透了!你推荐的相马人,连颜色和雌雄都分不清,又哪能相马呢?"

　　伯乐很有感慨地赞叹说:"九方皋竟达到了这种地步!这正是他比我高出千万倍的地方。九方皋观察马,他所看到的,正是天机呀！他取其精而忘其粗,只重其内而忘其外,只看见他所需要看的,忽略了他所不需要观察的。像九方皋这样相出的马,才是比一般的良马更珍贵的好马呢!"

后来证明,那马果然是一匹天下绝伦之马。

叶公好龙

刘　向

　　叶公子高非常喜欢龙，他的衣带钩、酒器上都刻着龙，居室里雕镂装饰的也是龙。他这样爱龙，天上的龙听说了，就从天上来到叶公的家里，把头伸进窗户里探望，长长的尾巴伸到了厅堂里。叶公看到它以后，掉头就跑，吓得魂飞魄散，脸色都变了。原来，叶公不是真的喜欢龙，他喜欢的只不过是那种看起来像龙实际上并不是龙的东西。

曲突徙薪

刘 向

有一位前来拜访主人的客人,看到主人家灶上的烟囱砌得很直,灶旁边还堆着许多柴草,便对主人说:"你要让烟囱拐个弯,把柴草挪得远点;不然的话,会失火的。"主人听了,默默地没答腔。

过了没几天,他家果真失火了。乡里邻居都赶来救火,总算幸运,火被扑灭了。

事后,主人杀牛摆酒,答谢帮忙的邻居,那些被火烧伤的人位列上席,其余的人也按出力大小排位次,却没邀请那位建议改装烟囱的客人。有人对主人说:"当初如果听了那位客人的话,也不用破费摆设酒席,也不会有火灾的忧患。现在论功劳,邀请宾客,为什么建议改装烟囱的人没有受到恩惠,被烧伤的人却被奉为上宾呢?"主人这才醒悟过来,连忙去邀请那位客人。

鲁人执竿

邯郸淳

鲁国有一个人拿着长长的竹竿要进城门,起初,竖着拿,不能走进城门;又横着拿,也不能走进城门。他想不出别的办法。过了一会儿,一个老人走上前对他说:"我不是圣人,但见到的事儿也很多了。你为什么不用锯从中间截断再拿进去呢?"于是,这人按照老人的建议把长竿截断了。

鲁人执竿

对 牛 弹 琴

《弘明集》

有一天,古琴演奏家公明仪对着一头老牛弹琴,他先是弹奏古雅的清角调的琴曲,老牛无动于衷,就像没听见一样,照旧低头吃草。后来,公明仪改变了弹法,用古琴模仿蚊虻嗡嗡的叫声,以及离群的小牛犊发出的悲鸣声。这下子老牛立刻摇摆着尾巴,竖起耳朵,来回踏着碎步,细心地倾听起来。

与狐谋皮

符 朗

周地有个喜好裘皮和精美食物的人,想要缝制一件价值千金的狐裘,就去和狐狸商量剥它的皮做裘衣;想要做像祭祀一样美味丰盛的羊肉佳肴就去跟羊商量要它的肉。话还没说完,狐狸一个跟着一个都逃窜到深山里,羊一个呼叫着另一个都躲藏进密林中。因此这个周人十年没有制成一件皮衣,五年没有做成一次宴席。这是为什么呢?因为他的做法根本不对头啊!

郑人乘凉

符　朗

郑国有个人到一棵大树下避暑,他随着阳光变化和树影移动,不断地挪动自己的席子,以此来纳凉。到了晚上,他还像白天那样,按照月光变化和树影的移动,挪动着席子。结果他的衣服被露水打湿了。越是随阴影移动,他的衣服就越湿。这是因为,此人照搬白天避暑的经验来对待夜晚的露水,当然不能达到预期的目的。

公输刻凤

刘　昼

公输般雕刻一只凤,凤冠和凤爪还没有雕完,翠绿的羽毛也没有弄好。看见凤的身子的人,说它是白色的鹰;看见凤头的人,称它是鹈鹕。人们都耻笑凤的丑陋,嘲笑公输般的笨拙。

等到凤刻成了,翠绿的冠子像云彩一样高耸,朱红的爪子像电一样闪动,锦绣般的身子像霞光一样散射,美丽的翅膀像火花一样迸发。翙的一声腾飞,在耸入云天的楼房上翻飞,一直飞了三天也不落下来。这时人们才赞叹凤的神奇,称颂公输般技艺高超。

折　箭

　　　　　　　　　　魏　收

　　吐谷浑的首领阿豺有二十个儿子。有一天,阿豺对他们说:"你们每人给我拿一支箭来。"阿豺接了箭就一一折断,扔在地上。隔了一会儿,阿豺又对他的弟弟慕利延说:"你拿一支箭来把它折断。"慕利延毫不费力地把箭折断了。阿豺又说:"你再取十九支箭来把它们一起折断。"慕利延用尽力气也折不断。阿豺说:"你们知道吗?一支箭是容易折断的,许多支箭合在一起就很难折断了。所以,大家齐心协力,我们的国家就能巩固。"

杯弓蛇影

房玄龄

有个做官的人叫乐广,曾经有个亲密的客人,分别很久没有再来,乐广问他是什么缘故。客人回答说:"上次在您家里,承蒙赐给我酒,刚要喝,忽然看见酒杯中有一条蛇,心里特别厌恶,喝了酒就害起病来了。"

当时,河南郡郡府的大厅墙上挂着一张角弓,弓上用漆画着一条蛇,乐广猜想杯中的蛇就是角弓的影子。于是,就在上次落座的老地方重摆了酒,请客人坐在上次的位置上,然后对客人说:"在酒中又看见了什么东西没有?"客人回答说:"所看见的和第一次的一样。"乐广请他抬头看看墙上的角弓,再看看杯中的蛇影,客人恍然大悟,积久难治的疾病立刻好了。

临江之麋

柳宗元

临江有个人,打猎时捉到一只小驼鹿,把它带回家饲养。刚一进门,一大群狗看见小驼鹿馋得口水直流,都摇着尾巴跑了过来。猎人很生气,把狗吓唬了一顿。从这天起,猎人天天把小驼鹿抱到狗的跟前,让狗看熟了,使狗不伤害它;又渐渐地把小驼鹿和狗放到一起玩耍。

日子一久,那些狗都能按照主人的心意做了。小驼鹿一天天地长大,却忘记自己是驼鹿,以为狗真的是自己的好朋友,时常和它们相抵相磨,翻滚玩耍,越来越亲昵。那些狗因为怕主人,所以跟小驼鹿玩得很好,但经常贪婪地舔着自己的嘴唇,露出一副馋相来。

三年以后,小驼鹿走到门外,看见路上有很多别人家的狗,就跑过去想跟它们玩耍。那些狗看见小驼鹿既高兴又愤怒,不由得龇牙咧嘴怒冲冲地围上去,一起把它咬死分吃了,弄得道路血肉狼藉。小驼鹿到死也不明白狗为什么要吃它。

黔之驴

柳宗元

　　黔地原本没有驴子,一个多事的人用船运了一头进来。运到以后,却没有什么地方可以用,就把它放置在山脚下。老虎瞧见了,真是个又高又大的大家伙,还以为是什么神怪,就躲在树林里偷偷地观察它;后来,又慢慢地走出林子,小心翼翼地向它靠近,始终弄不清它是个什么东西。

　　有一天,驴子突然大叫了一声,老虎害怕得不得了,赶忙逃得远远的,以为驴子要吃自己,非常恐惧。但是又来回仔细地观察,觉得它也没有什么特别的本领。老虎越来越听惯了驴子的叫声,又前前后后地靠近它,但始终不与它搏斗。再稍稍挨近,态度越来越轻侮,就进一步对驴子冲撞冒犯起来。驴子禁不住发脾气了,狠狠地踢了老虎一脚。老虎却十分高兴,心里盘算道:"这家伙的本事只是这么多罢了!"就跳跃起来,大吼一声,向驴子猛扑过去,咬断了它的喉咙,吃光了它的肉,心满意足地走开了。

恃胜失备

沈 括

　　有个人曾经碰上一个强盗,双方搏斗起来。刀枪刚刚交锋,强盗把事先含在嘴里的满满一口水,猛然朝他脸上喷去,这人愕然一惊,强盗的尖刀趁机戳进了他的胸膛。

　　后来,有个壮士也碰上了这个强盗。壮士已经知道了强盗喷水的花招,而强盗又来玩弄那一套,结果水刚刚喷出口,壮士的长枪就刺穿了他的脖子。

　　这是因为,用过了的计谋,机密已经泄露,依仗它取得过胜利而失去戒备,反而为它所害。

非其父不生其子

《艾子杂说》

齐国有个富翁,家底很厚。他的两个儿子愚蠢不堪,老子也不加以教导。一天,艾子对富翁说:"您的孩子虽然长得挺好,可是不懂人情世故,将来怎么能治家立业呢?"那个富翁听了生气地说:"我的孩子很聪敏,而且堪称多才多能,哪有不通世务的道理呀?"艾子说:"不用试别的,就请问问您儿子,所吃的米打哪儿来的,若是他知道,我就承当瞎说的罪过。"富翁立即叫来儿子,当面考问。儿子笑嘻嘻地说:"这我哪能不知道呢?米是从装米的布口袋里取出来的嘛。"富翁脸色一沉,不高兴地呵斥道:"你这孩子傻透了,难道不知道米是打田里来的吗?"艾子听了,慨叹道:"不是这样的老子,不会生出这样的儿子来啊。"

越人溺鼠

宋　濂

　　老鼠喜欢在夜里偷吃谷子。有个越国人把谷子装入腹大口小的容器里,任凭老鼠去吃,从不去管它。老鼠就把它的同类都招到容器里,每次都吃得饱饱的才回去。到了月底,粮食不多了,主人感到忧虑。有人告诉他一个办法,于是他就把容器里的谷子倒干净,把里面灌满了水,撒上一层糠皮,漂浮覆盖在水面上。到了夜里,老鼠们又来了,高高兴兴地跳进去,结果全都淹死了。

迂儒救火

宋 濂

赵国人成阳堪家里失了火,想要扑灭,但没有梯子上房。成阳堪便打发他儿子成阳肭赶紧到奔水氏家里去借。

成阳肭不慌不忙地穿戴好衣帽,从容自得地出门。见到奔水氏,连连作了三个揖,然后登堂入室,一声不响地坐在西面的柱子之间。奔水氏连忙叫人摆设酒宴,请他吃酒。成阳肭起立,举起酒杯一点点喝着,而且还彬彬有礼地回敬主人。直到席散,奔水氏问道:"您今天来到敝舍,一定有什么事跟我讲吧?"成阳肭这才开口说道:"老天给我家降下大祸,火灾作祟,烈火熊熊,想要登高浇水,可惜两肋没有生翅膀,家人只能望着房屋哭号。听说您家里有梯子,何不借我一用?"奔水氏听后,急得跺着脚说:"你也太迂腐了!你也太迂腐了!在山里吃饭遇到老虎,必须赶紧吐掉食物逃命;在河里洗脚看见鳄鱼,必须赶紧丢下鞋子跑掉。家里已经起了火,这是您作揖打拱的时候吗?"

说完急忙扛上梯子直奔他家,但赶到时,房屋早已化为灰烬了。

迂儒救火

古琴高价

刘 基

从前有位制琴技师,名字叫工之侨。一次,他得到一段优质的桐木。经过砍削,做成了一张琴,安上弦一弹,好像金玉合鸣之声,十分动听。他自以为这是天下最好的琴了,便把它拿去献给朝廷的乐官。乐官让全国最好的乐工来鉴定,乐工说:"不古。"便把琴退还给工之侨。

工之侨把琴带回家,和漆工商量,在琴上造了许多断纹;又和刻工商量,在琴身上刻了古字款识,然后用匣装好,埋在土里。一年以后,工之侨把琴取出来,拿到市场上出售。一个阔人经过时看到这琴,便用一百斤金子的高价买了下来,当作珍宝献给朝廷的乐官。乐官们互相传看,都赞不绝口:"这真是世上少有的宝物啊!"

象 虎

刘 基

楚国有个深受狐狸扰害的人,想尽办法捕捉,都没捉到。有人教他说:"老虎是山中最凶猛的野兽,天下的野兽看见它都要吓得魂飞魄散,趴在那里等死。"于是,他叫人做了一个虎的模型,取一张虎皮蒙上,放在窗下。狐狸进来,看到老虎模型,惊叫着吓倒在地。又有一天,野猪出现在他的地里糟蹋庄稼,他又让人把老虎的模型埋在地里,而让他的儿子们拿着戈在大路上分头把守。人一吆喝,野猪在草丛里奔逃,遇到老虎模型,吓得反身跑到大路上,被捉住了。这个楚国人高兴极了,以为老虎模型可以降服天下所有的野兽。

后来,野地里出现一种样子像马的野兽,这个楚国人便披着老虎模型去了。有人劝阻他说:"这是驳呀,真虎都斗不过它,你去了必将遭殃!"他不理睬。到了野地里,那像马的动物大吼一声,冲到他的面前,把他抓起来就咬。这个楚国人头颅破裂而死。

象 虎

患 在 鼠

刘 基

赵国有个人非常忧虑老鼠为害,到中山国去要猫。中山人给了他一只猫。这猫很会捕捉老鼠,也很会捕捉鸡。过了一个多月,他家的老鼠没有了,鸡也没有了。他儿子很发愁,对他说:"何不把猫送走呢?"他说:"这个道理你还不明白?我们的患害在于老鼠,而不在于没有鸡。有了老鼠,它们会偷吃我们的粮食,咬坏我们的衣服,打穿我们的墙壁,破坏我们的器物,那么,我们就要挨饿受冻了,这不比没有鸡更有害吗?没有鸡,只不过吃不到鸡肉罢了,离挨饿受冻还远着哪,为什么要把那猫送走呢?"

常 羊 学 射

刘 基

常羊拜屠龙子朱为师,学习射箭。屠龙子朱问:"你想知道射箭的道理吗?"常羊说:"请您指教。"屠龙子朱就讲了一个故事:"从前,楚王到云梦泽打猎,叫手下的小官把禽兽驱赶出来供自己射猎。一时间禽兽飞的飞,跑的跑,满地奔逐。鹿奔在楚王的左边,麋跑在楚王的右边。楚王刚拉开弓要射,忽然又有一只天鹅掠过楚王的旗子,两个翅膀好像低垂着的云彩。楚王把箭搭在弓上,不知道该射哪个才好。这时有个叫养叔的大夫对楚王说:'我射箭的时候,把一片树叶放在百步之外,射十次中十次。如果在那里放上十片树叶,那么能不能射中,我就没有把握了。'"

常羊听了,连连点头,从中受到了很大的启发。

疑人窃履

刘元卿

从前,有一个留宿在朋友家里的楚国人,他的仆人偷了他朋友的鞋,拿回家里,楚国人不知道这事。正好他让他的仆人去市上给他买鞋,仆人偷偷地把钱留下,却把偷来的鞋当作买的新鞋给了他。楚国人完全被蒙在鼓里。过了几天,他的朋友来拜访,看见自己丢的鞋穿在楚国人脚上,大吃一惊:"我本来就怀疑他,果然是他偷了我的鞋。"于是跟他断绝了交情。过了一年,事情真相查明了。那位朋友到楚国人家里,懊悔地认错说:"是我不够了解你,才错误地怀疑你,这是我的过错。请让我们和好如初吧。"

猩猩嗜酒

刘元卿

　　猩猩是一种喜欢喝酒的动物。山脚下的人，摆下装满甜酒的酒壶，旁边放着大大小小的酒杯，还编了许多草鞋，把它们勾连编缀起来，放在道路旁边。猩猩一看，知道这些都是引诱自己上当的，它们连设这些圈套的人和他们父母祖先的姓名都知道，便一一指名骂起来。可是骂完以后，有的猩猩就对同伴说："为什么不去稍微尝一点呢？不过要小心，千万不要喝多了！"于是就一同拿起小杯来喝。喝完了，还一边骂着一边把酒杯扔掉。可是过了一会儿，它们忍不住，又拿起比较大的酒杯来喝。喝完了，又骂着把酒杯扔掉。这样重复多次，喝得嘴边甜甜的，再也克制不住了，就干脆拿起最大的酒杯大喝起来，根本忘了会喝醉这回事。它们喝醉之后，便在一起挤眉弄眼地嬉笑，还把草鞋拿来穿上。就在这个时候，山脚下的人跑出来追捕它们，结果它们乱作一团，互相践踏，全都被人捉住了。后来的猩猩也是这样被捉的。

　　猩猩算是很聪明的了，知晓和憎恨人的引诱，可是最终还是免不了一死，这都是贪心造成的啊！

南岐之人

刘元卿

　　南岐坐落在秦蜀的山谷之中，那里的水甘甜但水质很差。凡是喝了这种水的人，都生了颈瘤病，所以那里的居民没有一个不得颈瘤病的。有一个外地人来到这儿，一群小孩和妇女聚过来围观，讥笑道："那人的脖子真奇怪，又细又干枯，跟我们的不一样。"外地人说："你们脖子上鼓鼓的凸出，是一种颈瘤病呀。你们不去寻求好药根治你们的病，怎么反而认为我的脖子奇怪呢！"笑他的南岐人说："我们村里的人都是这样的脖子，哪里用得着治呢？"他们始终不知道自己这样是因为得了病。

南岐之人

黠猱媚虎

刘元卿

野兽中有一种叫猱的,身体轻小而善于攀缘,爪子很锐利。老虎头痒,就让猱用爪子不停地搔,结果把虎头搔出个洞,老虎还感到很舒服,一点也没有觉得异常。猱便一点一点地掏老虎的脑子吃,然后把残剩的余渣献给老虎,说:"我偶然弄到一点荤腥,不敢独自享用,拿来献给您。"老虎说:"真是忠心耿耿的猱啊!为了孝敬我连自己的口腹之欲都忍住了。"老虎吃了自己的脑子,还没有察觉。时间长了,老虎的脑子被挖空了,疼痛发作,便去找猱算账。猱早已躲到高高的树上去了。老虎腾跳着,大吼了几声,便死了。

争　雁

刘元卿

从前,有个人看见一只大雁在天上飞翔,便准备开弓把它射下来,说:"射下来就煮着吃。"他的弟弟不同意,争论道:"鹅煮着吃好,鸿雁还是烤着吃好。"两人争吵不休,一直吵到社伯跟前,请他断定谁是谁非。社伯建议他们把雁剖开,煮一半,烤一半,两人都同意了。结果两兄弟抬头再准备射雁时,那只雁早就高飞到天边去了。

争 雁

万　字

刘元卿

　　汝州有一个土财主,家产很多,但是家中几代人都不识字。有一年,他聘请了一位楚地的先生教他的儿子。这位先生开始教他儿子握笔临帖。写一画,教他说:"这是'一'字。"写两画,教他说:"这是'二'字。"写三画,教他说:"这是'三'字。"那孩子便喜形于色地扔下笔跑回家里,告诉他父亲说:"孩儿全会了!孩儿全会了!可以不必再麻烦先生,多花学费了。快把他辞了吧。"他父亲一听很高兴,就照他说的做了,准备好了钱打发走了这位先生。过了些时候,他父亲打算请位姓万的亲友来喝酒,让儿子早晨起来就写请帖。过了好长时间也不见儿子写完,便去催促。这孩子气愤地说:"天下的姓那么多,干吗姓万!害得我从早晨到现在,才写完五百画。"

鸲鹆学舌

庄元臣

鸲鹆(八哥)这种鸟出产在南方,南方人拿网把它捕来加以训练,教它说话。日久天长,它就会模仿人说话了;可是只能模仿几句,所以整天翻来覆去的,就是那几句而已。

蝉在院子里的树上鸣叫,鸲鹆听见了,便讥笑它。蝉对鸲鹆说:"你会模仿人说话,这很好;可是你所说的那些话,不曾有一句是表达自己心意的话,哪里比得上我能叫出自己的意思呢!"鸲鹆听了,惭愧得低下了头,从此以后,至死也不再跟人学舌了。

医 驼 背

江盈科

过去有个医生,自吹能治驼背,他说:"无论是驼得像弓那样的,像虾那样的,还是像曲环那样的,只要请我去医治,管保早晨治了,晚上就如同箭杆一般直。"有个人信以为真,就请他医治驼背。他要来两块木板,把一块放在地上,叫驼背趴在上面,又用另一块压在上面,然后跳上去踩踏,驼背很快弄直了,人也断气了。驼背的儿子要告到官府,医生却说:"我的职业是治驼背,只管把驼背弄直,哪管人死活!"

大　鼠

蒲松龄

明朝万历年间，宫中发生了鼠患，老鼠大到几乎同猫一样，危害很严重。朝廷在民间到处寻求好猫来捕捉老鼠，可是猫总是被老鼠吃掉。刚巧这时外国进贡了一只狮猫，全身毛色雪白。于是，就把这只狮猫抱到有老鼠的房子里，关上门，在暗中偷看它如何动作。猫蹲在那里很久，老鼠迟疑地从洞里爬了出来，一看见猫，就狂怒地朝它猛扑过去。猫跳到几案上，避开了它；老鼠穷追不舍，也跟着跳上来，猫于是又跳到地上。这样往复不止一百次。大家都说猫害怕了，也是个没有什么本事的东西。后来，老鼠奔跳得渐渐迟缓下来了，大肚子喘得一鼓一鼓的，蹲在地上稍稍休息。这时，猫突然猛冲下来，用爪子抓住老鼠头顶上的毛，张口咬住大老鼠的脖颈，翻来覆去地互相搏斗。猫发出"呜呜"的怒吼声，老鼠则"啾啾"地急叫。大家急忙推门进去看，老鼠的头已经被狮猫嚼碎了。

这才明白，原来猫在开初时回避老鼠，并不是怕它，而是避开锐气，等待它懈怠啊！

蜀鄙之僧

彭端淑

四川边远处有两个和尚,一个贫穷,一个有钱。穷和尚对富和尚说:"我打算去南海,你看怎么样?"富和尚说:"你靠什么去呢?"穷和尚说:"我只要一个水瓶、一个饭钵就够了。"富和尚说:"我几年前就打算雇条船下南海,到现在还没去成,你靠什么去!"

到了第二年,穷和尚从南海回来了,把到过南海的事儿告诉了富和尚。富和尚脸上露出惭愧的神色。

四川距离南海,不知有几千里路,富和尚没能去成,穷和尚却去成了。人们立志求学,难道还不如四川边境的那个穷和尚吗?

蜀鄙之僧

立 论

鲁 迅

我梦见自己正在小学校的讲堂上预备作文,向老师请教立论的方法。

"难!"老师从眼镜圈外斜射出眼光来,看着我,说。"我告诉你一件事——

"一家人家生了一个男孩,合家高兴透顶了。满月的时候,抱出来给客人看,——大概自然是想得一点好兆头。

"一个说:'这孩子将来要发财的。'他于是得到一番感谢。

"一个说:'这孩子将来要做官的。'他于是收回几句恭维。

"一个说:'这孩子将来是要死的。'他于是得到一顿大家合力的痛打。

"说要死的必然,说富贵的许谎。但说谎的得好报,说必然的遭打。你……"

"我愿意既不说谎,也不遭打。那么,老师,我得怎么说呢?"

"那么,你得说:'啊呀!这孩子呵!您瞧!多么……阿唷!哈哈!Hehe!he,hehe hehe[①]!'"

[①] 象声词,即嘿嘿!嘿,嘿嘿嘿嘿!

螃　蟹

鲁　迅

老螃蟹觉得不安了,觉得全身太硬了。自己知道要蜕壳了。

他跑来跑去的寻。他想寻一个窟穴,躲了身子,将石子堵了穴口,隐隐的蜕壳。他知道外面蜕壳是危险的。身子还软,要被别的螃蟹吃去的。这并非空害怕,他实在亲眼见过。他慌慌张张的走。

旁边的螃蟹问他说,"老兄,你何以这般慌?"

他说,"我要蜕壳了。"

"就在这里蜕不很好么?我还要帮你呢。"

"那可太怕人了。"

"你不怕窟穴里的别的东西,却怕我们同种么?"

"我不是怕同种。"

"那还怕什么呢?"

"就怕你要吃掉我。"

古　城

鲁　迅

　　你以为那边是一片平地么？不是的。其实是一座沙山,沙山里面是一座古城。这古城里,一直从前住着三个人。
　　古城不很大,却很高。只有一个门,门是一个闸。
　　青铅色的浓雾,卷着黄沙,波涛一般的走。
　　少年说,"沙来了。活不成了。孩子快逃罢。"
　　老头子说,"胡说,没有的事。"
　　这样的过了三年和十二个月另八天。
　　少年说,"沙积高了,活不成了。孩子快逃罢。"
　　老头子说,"胡说,没有的事。"
　　少年想开闸,可是重了。因为上面积了许多沙了。
　　少年拼了死命,终于举起闸,用手脚都支着,但总不到二尺高。
　　少年挤那孩子出去说,"快走罢!"
　　老头子拖那孩子回来说,"没有的事!"
　　少年说,"快走罢! 这不是理论,已经是事实了!"
　　青铅色的浓雾,卷着黄沙,波涛一般的走。

以后的事,我可不知道了。

你想知道,可以掘开沙山,看看古城。闸门下许有一个死尸。闸门里是两个还是一个?

旅行者和海潮

冯雪峰

有一个人,挥着一根手杖在海边的沙地上漫步,觉得十分舒适。但是,不久,海潮就向他那边奔腾过来了,他非常惊慌,连忙向海岸高处奔跑;可是还怕跑不及,便又回头,拿手杖在沙地上划了一条界线,郑重地对着那滚来的海潮说:"这里是你的限度!假如你超过了这限度,那么我就要宣布你是一种侵略的潮流了。"说后重又飞似的向前奔跑了一阵,又怕跑不及,又回头在沙地上重划了界线,把说过的话再说了一遍,然后又跑。这样,他节节退让,一连划了六七次界线,提了六七次警告,最后就爬上了一个丘阜,寻到道路匆匆地回家了。

海潮在后面跟着,毫无忌惮地越过了那些界线后,也一直滚到了丘阜的下面,顽皮地笑着说:

"哈哈哈,真好玩!他一连筑了这么多道的精神防线,竟没有一道是可靠的!"

一个采白芷花的城里人

冯雪峰

白芷花是一种很名贵的花。所以,有一个城里人,某一天跑到乡间一座山上去采这种白芷花的时候,他就一直向着山顶上跑去。他自言自语说:"这种名贵的花,是一定生长在山顶上的!哪里会生在卑下的地方呢?"他跑到了山顶,就这里那里仔仔细细地寻找。不过,他总是找不到。这个城里人失望地回去了,但他非常不甘心,第二天又到乡间去,依然照原路跑上山顶去寻找。他自己勉励自己说:"它生长在山顶上是决没有错的,我应当留心找。"可是,他同样没有找到。他又失望地回去了,但他依然不甘心,第三天,而且第四天,还是跑到那山顶上去找。他坚决地说:"我非在山顶上找到它不可!"无奈他还是没有在山顶上找到白芷花。最后,他就自认失败了,说道:"算了罢,我已经不耐烦了!"就垂头丧气地一步一步下山来。却不料,就在山脚下的草丛里,他看见了他要寻找的白芷花。但是很可惜,这种名贵的白芷花又早已给他自己每天上山下山踏得稀烂了。

这个寓言,意思很明白,就是:我们不要把眼睛生在头顶上,致使用了自己的脚踏坏了我们想得之于天上的东西。

异想天开的老鼠

冯雪峰

有一个老鼠,看看一切老鼠都长着一条尾巴,而他自己也有一条,他想,这太庸俗了。因此,他下了决心,跑去请一个朋友把他的尾巴咬掉,说道:"虽然一切人都把希望寄托在一条尾巴上,但我可偏偏不要它!"那个朋友知道他的脾气,就只把他的尾巴打了一个结,哄他说是咬掉了。

老鼠想到他已经除去尾巴,认为这是出奇的新鲜作风,人们一定会给他特殊的荣誉。不过,当他摆着傲慢的态度好像一个大人物似的走到众鼠面前去的时候,他却看见一切朋友都以惊讶的眼光来看他,后来又都忍不住大笑了。那些老鼠还笑了又笑,并且议论纷纷,简直把他奚落得无地可容,他终于只得抱头逃开了。他只好又跑到朋友那里去,看有什么补救的方法。

"唉,我第一场出台,就吃了倒彩!"他非常颓丧地说,"现在我唯一的希望,是你有什么灵药使我立刻重新长出一条尾巴来,否则我简直要闹自杀的悲剧啦。"幸好那个朋友马上替他把结子解开,让他的尾巴回复到原来的样子。现在这个老鼠觉得光荣的,是他也同样有一条尾巴。

两只猴子的相互监视和一场风波

冯雪峰

有两只猴子,跑进一个桃园里去。他们首先对他们自己定出了一条禁律,说道:"要根绝猴子的偷窃行为么?那可是什么手段都无效的,假如我们猴子自己不先来约束自己。譬如说罢,我监视你,你监视我,那么,即使你我都还想偷,也就没有办法偷了。"

这样,两只猴子就都照着去做了。

一只猴子趁着另一只没有看见的时候摘了一个桃子,塞进嘴里,就立即去监视另一只。

另一只猴子也趁着这一只没有看见的时候摘了一个桃子,塞进嘴里,立即也来监视这一只。

这样,两只猴子都闭着嘴,一声不响,面对面地监视着。

而不久,他们都看出对方的毛病来了;一只猴子愤怒着,指责着对方,用鼻子说:

"唔(你)……唔(你)……"

另一只也愤怒着,用鼻子说,指责着对方:

"唔(你)……唔(你)……"

两只猴子都觉得对方太可恶,而样子又太滑稽;所以既想破口大骂,而又不禁喷笑出来了。这样,两只猴子就都从嘴里滚出了一个桃子来。

　　于是,两只猴子,各捧着一个桃子,相对着哈哈大笑一场之后,就重归正经,开始检举起对方的偷窃行为,用他们同时脱口而出的警句,同时唱道:

　　"你心里清楚,嗨!

　　我心里清楚,嗨!

　　我们嘴里可都说不清楚,嗨!"

　　唱过了,相对一鞠躬,各把桃子放回嘴里,各自慢慢地咀嚼着;一面说道:"我们这一场风波,嗳,解决得多么愉快!"

大 山 的 笑

冯雪峰

大山把他的脚伸得很远,坐在那里,好像没有谁能够动得他似的。

雷和电说:"我们轰他一回罢,看他怎样!"电用她的指甲在大山的胸间一划,马上显了一路火似的血痕,雷同时在大山的耳边大声狂叫,几乎震破他的耳膜;可是没有效。电再往他的脸上和胳肢窝下乱抓,雷继续狂叫狂跳,同样不能逗得他动一动。于是雹霰也跑来加入这个试验,拼命地射击着他的头、脸和身体。雨也带了大盆子来把水只是向他的头上浇,淋得他身上有两条小河从两股间哗哗地流。雪来到他的面前诱惑地轻舞,然后又扑到他的背上去,全身重重地压住他。最后,风说:"你们都没用,让我来唬他罢。"风用大力,呼呼地吓他,但只见他的汗毛(那些树林)颠颠倒倒地摇动了一阵,风自己却因为用力过度,驾驭不住自己,早已吹到不知什么地方去了,大山可不曾动一动。

常有的这样的游戏过去以后,大山可是自己动起来了,因为他忽然哄笑了起来,就摇摆了一下脑袋,耸起了一下胸部和肩头。

那时,云片正从他头顶上飞过,太阳也露脸了,他就转为微笑,那种越看越清明的微笑,望着远方,好像是说:"大地上,经得起折磨、摧残、涤荡的东西,正多着哩,难道只有我一个么?……"

野　牛

张天翼

　　一群野牛过境,遇见了老虎。他们立刻排成一个圆形,脸冲外,把小牛们护在圆圈中间。他们看见有一只牛带着两个小的在旁边徘徊,就向他叫:"快来参加呀!这是大家的事!"

　　那只牛自言自语着:"我自顾还不暇呢,来管大家的事!"带着两个小的就往山谷里躲。

　　老虎无法攻那个圆圈阵,就扑向了山谷里的几个。那只牛越想越想不通,怎么别人都没事,只有他一家子要遭殃呢?后来忽然记起来了一层道理,他只是长叹了一声:"命也夫,命也夫!"

　　老虎笑眯眯地说:"我非常赞赏你的这种人生态度。"

狼和蚊子

张天翼

　　一只狼吃饱了,一面散步,一面对同类叙述他怎样扑杀几只兔子,怎样咬死一只羊。正讲得兴高采烈,忽然脖子上一阵痒。一抓,一看:一只蚊子——给弄死了。他失声叫了起来:
　　"啊呀,罪过罪过!阿弥陀佛,罪过!"

狐

张天翼

一只狐狸扑住一只兔子,严辞厉色地宣言:

"我看见这只兔子偷吃人家一个萝卜,生气得了不得,为世界秩序和安宁起见,决计要除此一大害。你们知道,我这是出于义愤。"

树上一个白头翁问:

"昨晚你看见老虎吃人家耕牛,你不但不生气,还满脸堆笑地对老虎打躬作揖,你的义愤是不是今天早晨刚出世的?"

习　惯

严文井

　　有一天,一头猪到马厩里去看望他的好朋友老马,并且准备留在那里过夜。

　　天黑了,该睡觉了,猪钻进了一个草堆,躺得舒舒服服的。但是,过了很久,马还站在那儿不动。猪问马为什么还不睡。马回答说,他这样站着就算已经开始睡觉了。猪觉得很奇怪,就说:"站着怎么能睡呢,这样是一点也不安逸的。"

　　马回答说:"安逸,这是你的习惯。作为马,我们习惯的就是奔驰。所以,就是在睡觉的时候,我们也随时准备奔驰。"

老虎从来不吹牛

韶 华

小老鼠、小白兔、大公鸡讨论它们之间谁最厉害的问题,便一起吹起牛来。它们越吹越凶。都说自己在世界上最厉害。

老鼠吹牛说:"我最厉害,有一次和大象决斗,我钻进它鼻孔里,咬得它直叫饶命!对于我,连大象都不在话下,岂有他哉!"

白兔对小老鼠说:"你这个小地豆子,论体重只有我的二十分之一,也敢在此逞能!我是三次马拉松赛跑冠军的获得者,还创造了世界纪录,连赛跑能手猎豹都惧我三分!"

大公鸡说:"你们都给我住嘴!俗语云'雄鸡一唱天下白',太阳都按我的叫声出来,连人类也听我的指挥,按我的命令起床工作,因此,老子天下第一!"

它们正在吹牛,旁边的草丛中躺着一只老虎。它似睡非睡,似醒非醒,听了它们的话,闭目微笑。过了一阵,老虎忽然打了一个呵欠,不自主地说:"好困呀!"

老鼠、白兔、公鸡一看,无不抱头鼠窜……

自卑才吹牛,真正的强者是不去吹牛的。

浮　云

仇春霖

　　黎明,破晓的晨风吹散了轻纱似的薄雾,在东方展开了一幅瑰丽的图画。云海深处,朝阳射出万道金光,云彩被染红了。金色的波澜,在天空中翻腾、闪耀,光彩夺目,变幻无穷。

　　这是多么美丽多么诱人的景色啊!人们赞美着朝霞,诗人们为他写下了感人的诗篇,画家们把他画成了美丽的图画,音乐家们为他唱起了赞歌……

　　在人们的赞美声中,有一片浮云被激动得不安分起来了。他想:"我可不是一片普普通通的云呀!"他不愿意再躲在地平线的边缘上了,他要飘到天空中间去,要让世界上所有的眼睛都能看到他。于是,这片浮云飘荡了起来,直向蓝天的中央飞去。

　　但是,当他离开了朝阳的照耀,便突然失去了光辉,变得暗淡起来。这时候,他才觉察到自己丢掉了什么。回头看时,啊,原来背上那件金光灿灿的披肩早已不见了!再向东方望去——太阳正在人们的颂歌声中冉冉上升,原来是她那辉煌的光芒,透过云层,才织成了灿烂的朝霞。

这片浮云羞愧地垂下了头。一阵轻风飘过,把他吹得无影无踪,谁也看不见他了。

金　蛋

黄瑞云

猴子捡到一个金蛋,高兴极了。它闻了闻,没有什么气味,莫要说香气,甚至连臭气也没有。猴子把金蛋使劲地抓呀咬呀,向地上摔呀,金蛋纹丝不动,没任何反应。玩了半天,猴子感到厌倦了。

猴子发现母鸡也在摆弄它的那些蛋。它从容不迫,小心翼翼,这引起了猴子的兴趣。

猴子提出同母鸡换一个蛋,但母鸡不肯。

"我的可是金蛋呀,"猴子说,"你看,金光灿灿!比你的那些蛋要贵得多呢!"

母鸡说:"你说的大概是真的,但我还是爱自己的。我的蛋可能很不值钱,但我可以把它们孵出几只美丽的小鸡来。要不了多久,它们就会在夜里打鸣,唤醒人们起床,连太阳听到啼声也会很快地升起。你的宝贵的金蛋,哪怕再过一百年也叫不出半点儿声音来。"

两条小鱼

薛贤荣

一条小鱼慌慌张张地在水里游,迎面碰见另一条小鱼。

"别拦着我,让我赶紧游过去!"

"出了什么事呀?"

"太可怕了!我的一个兄弟,刚才被大鱼吃了!要不是我跑得快,早就没命了!我得赶紧到浅水处找个洞,一头钻进去,从此再也不出来了,就死在里面算了!"这条小鱼说,"我劝你也赶紧躲一躲吧!"

"生活的确很残酷,但你不用如此惊慌。你瞧瞧那些大鱼,不都是小鱼长成的吗?在它们成长的过程中,也像我们一样遇到过种种危险;换句话说,如果那些大鱼从小就躲进洞中,那是长不成大鱼的。"

"嗯,你说的有点儿道理。那依你说,我们该怎么办?"

"勇敢生活,快快成长!"

"好,听你的,不躲了!"

于是,两条小鱼勇敢地游向深水处。

木偶探海记

刘 征

木偶想测量大海的深浅,
他到海上考察了一番。
回到海滩上召开大会,
向听众介绍他探海的观感:

"人们常说海是很深的,
其实,这是不可靠的传言。
我在海上走了几千里地,
海水只能没过我的脚面。
我躺在海上东摇西晃,
海水也只能沾湿我的后肩。
我生怕自己的体验不可靠,
还特地观察了海鸥和海燕,
他们从高空俯冲下来,
浪花也只在胸脯下轻轻飞溅……"

话没说完，全场乱起来了：
老蚌掩着嘴唇哧哧地笑，
螃蟹举起大锤咚咚地敲，
连沉默的石子也又蹦又跳。
木偶直气得浑身发抖，
用手拍着讲台大声叫道：
"你们为什么不好好听讲？
你们为什么乱吵乱闹？
难道我没有到海上去考察？
难道我的见解是主观臆造？"

怎么能跟木偶说得清楚呢？
一个简单的道理他不知道：
要获得真知就要深入下去，
浮在表面上什么也得不到。

破旧的小木桥

钱欣葆

大山的山谷里有一条河,河上有一座破旧的小木桥。桥上的木板已掉了许多,桥的一根柱子已快断裂了。

毛驴在晃晃悠悠的桥上走过,埋怨道:"这桥坏了很久了,这样下去很快会塌掉的。"

黑熊在吱吱嘎嘎响的桥上走过,愤愤地说:"桥坏成这个样子也没人来管,没人来修。"

猴子在百孔千疮的桥上走过,叹了口气说:"现在大家都只顾自己,竟没有谁肯来修桥!"

毛驴、黑熊、猴子每天走过这座破木桥,每次经过时都要发表一番议论。

一日突然狂风呼啸,下起了倾盆大雨。毛驴、黑熊、猴子急忙往家里奔,一齐奔上了摇摇欲坠的破木桥。走到桥中间,桥轰隆一声塌入河中。

毛驴、黑熊、猴子爬上岸来,冷得瑟瑟发抖,嘴里还喃喃地说:"动口议论的多,动手干的少,我们倒大霉了。"

狐狸和狗

孙传泽

一只惯会偷鸡的狐狸买通了一只看门狗,以后,那只狗一直给狐狸偷鸡提供各种方便。狐狸呢,自然也不亏待它,常常给狗一些残羹剩饭。每逢狐狸大口地吞吃鸡肉,看门狗在一边啃着鸡骨头的时候,它俩总是一副亲亲热热的样子。

一天,狗忽然对狐狸说:"和您交了朋友,真是我的荣幸。我想,您既然这么看重我,那我干脆到您门下去守门算了。您欢迎吗?"不料,狐狸却说:"咱们还是维持现在这种关系吧!你到我的门下守门,那我可受不了。再说,我也绝不会干那种傻事的!"

"那是为什么呀?"狗感到非常意外地问道。

狐狸眯起了一双眼斜睨着它,回答说:"因为你不忠于职守,专门替外贼帮忙;哪个当你的主人,哪个就必然倒霉呀!"

淤泥中的"珍珠"

马 达

在挖渠中,从淤泥中挖出来一颗"珍珠"。有人把它拾起来,在浑浊的水中冲了冲,淤泥冲掉了一些,但仍然是灰暗的。有人说:"这么灰暗,不可能是珍珠,大概是鱼眼睛吧!"有人说:"我看像孩子们玩的玻璃球!"

有人说:"我看是好看的圆石头!"

拾到"珍珠"的人听人们都这样说,觉得它毫无价值,只会招来人们的讥笑,就随手把它远远地扔到山谷里去了。

看蜘蛛织网

韦 伟

雨后,空气变得格外清新。一位老者立在巷口看蜘蛛织网。只见蜘蛛吐着白白的细丝,像是荡秋千一样荡过来、荡过去,一刻不停地忙碌着。一会儿,一阵风把蜘蛛织的网吹坏了。但蜘蛛毫不气馁,又重新织了起来。

这时,一个人走了过来。他看了一会儿说:"蜘蛛真傻,偏要在这个风口织网。织起来又被风吹坏了,不知要织到什么时候。即使织成了也是守株待兔,未必能捕捉到虫子。"

他刚走,又来了一个人。他也看了一会儿蜘蛛织网,赞不绝口:"这蜘蛛就是了不起,锲而不舍、持之以恒,可敬可爱!"

……

老者感叹道:"任何事情都有它的两个方面,看你从什么角度看问题。"

两兄弟

梁临芳

有两位好朋友结为义兄弟,他们家口、家底及收入均相当,可是不知什么原因,哥哥的日子越过越富裕,弟弟的日子越过越贫穷。

弟弟心里很纳闷。这天一大早,他就跑去向哥哥请教过日子的诀窍。

哥哥仔细琢磨了一会儿,同意了,叫弟弟来到后院井边按他的要求打水,打完了水再告诉他过日子的方法。

哥哥交给弟弟两只水桶,叫弟弟用有底的水桶打上水倒在没底的水桶里,待没有底的水桶装满了才能回家来。弟弟心里很奇怪,明知没有底的水桶装不满水,但既然哥哥说了,就只好照办。

弟弟用有底的水桶打上满满一桶水,可是倒进没有底的水桶,瞬间就漏光了。打到天黑他才回家把这件事告诉哥哥。哥哥二话没说,只是叫弟弟明天再来。

次日,哥哥又让弟弟到井边打水,这次反过来用没有底的水桶打上水往有底的水桶里装。弟弟心里仍然感到很奇怪:这还不是仍然打不满水吗？可是既然哥哥说了，他只好照办。

弟弟用没底的水桶打水，每次都能带上一点点水，装在有底的水桶里。打到天黑，倒水的次数多了，有底的桶居然盛满了水。

弟弟高兴极了，急忙跑来告诉哥哥，并叫哥哥快告诉他过日子的办法。

哥哥大声笑着说："办法不是已经告诉你了吗？你把打水作为家庭经济收入，把装水作为家庭生活开支想一想嘛！"

弟弟把打水跟过日子联系起来一想，恍然大悟，说："知道了，知道了，过日子光靠勤劳还不行，还一定要重视节约！"

鼹鼠斗大象

邱国鹰

北山森林的大象想抢占树茂林密的南山森林,他气势汹汹闯了过去,厚足掌一跺,草地陷下一片;长鼻子一卷,小树连根拔起;老虎和他交手,被尖象牙戳伤了后背,逃了;豹、狼自知不是他的对手,溜了。大象见没有再敢和他作对的,十分得意。

不料,一只小鼹鼠挡在前头,尖声细气地喊道:"站住,不得在这里撒野!"

"嘀,小小东西,口气倒不小哇。"大象根本不把他放在眼里,抬起足掌狠狠踩了下去。鼹鼠灵巧一跃,跳到了大象的背上。大象气得大耳朵直竖,甩动长鼻子用力向背上打去,只听鼹鼠吱的一声没了踪影。大象一声冷笑:"哼,小东西自己前来送死,活该!"

大象的话音未落,耳朵里传出鼹鼠的声音:"好,这地方宽敞,既避风又挡雨,就在这儿做窝安家吧。"说着,一边在大象耳朵里又搔又挠,一边还直往里钻。大象先是觉得耳朵痒,继而感到头发痛,再后来是一阵阵钻心疼。可是鼹鼠躲的这部位,足掌踩不到,尖牙戳不着,长鼻子也用不上,大象只是干发火。

大象怒不可遏地喝道:"小东西,你什么地方不能去,干吗在我的耳朵里做窝?"

鼹鼠反问:"那你在北山森林住得好好的,为什么要霸占这儿?"

鼹鼠直往大象耳朵内钻,大象疼痛难忍,实在熬不住了,只得服输,说:"好,好,我回去,你赶快钻出来,求求你了。"

大象不情愿地往回走,走了几步,转身问鼹鼠:"我不明白,连老虎、花豹这些大个头都逃的逃,溜的溜,你又何必呢?"

鼹鼠吱吱一笑,说:"这有什么不明白的?我爱自己的家园,保卫家园,分什么大小!"

大象愣了。他回头看了一眼树茂林密的南山森林,垂头丧气地走了。

小刺猬

彭万洲

枣儿熟了,落到地上,像一颗颗红宝石。

小刺猬打了一个滚儿,背上就像插满了糖葫芦。它高兴地把枣儿送回家,妈妈笑着说:"宝宝真聪明!"

又有一次,小刺猬来到田野上,看见满地的大西瓜,它高兴极了,心想:把大西瓜搬回家请妈妈吃吧。它朝着大西瓜碰过去,扑哧一声,小刺猬钉在了大西瓜上!

妈妈好不容易才找到小刺猬,把它救下来,说:"孩子,遇事得动脑筋哪,照老办法做事可不行!"

虾 的 长 枪

俞春江

虾扛着长枪在水里游弋。那是一支多么厉害的枪啊。除了尖尖的枪头外,这支长枪上还装着许多锋利的锯齿呢。

佩带着这样一件武器,再加上全身银亮的盔甲,虾显得神气十足。

"多么威风啊!"虾对自己的打扮十分满意,"这才是一名水族战士的风采!"

这样想着,再看看身边的伙伴可就差多了。

"就说你小鱼吧,太无能了,太软弱了。竟然一件武器都没有!瞧你身上那层薄薄的鳞片管什么用啊?"

"还有你乌龟!个头倒不小,可怎么老是背着一副乌龟壳!动不动就往壳里钻。你知道战斗的道理吗?你认识勇敢这两个字吗?"

面对虾的质问,大伙无言可答。是啊,虾看起来是多么威风呀。

就在这时候,一只凶猛的黑鱼游了过来。它张着嘴巴,露出了满嘴的牙齿。虾一看,知道大事不好,它急忙收起长枪,将身子一纵,顿时逃得无影无踪。

——相对于外表和语言来说,行动往往更能说明问题。

爱面子的乌鸦

汤礼春

森林里的鸟儿原来都不会唱歌。有一天从很远的地方飞来了一只很会唱歌的云雀,她的歌声那么委婉动听,感动了森林里所有的鸟。所有的鸟一致要求云雀教她们唱歌。云雀答应了。

开始教歌的第一天,云雀首先教音符。她教一声,大家就唱一声。教了一会儿,云雀为了检验学生们学习的情况,就一个个地点名叫她们起来唱。第一个点的是乌鸦。乌鸦红着脸,扭扭捏捏地站了起来,不好意思地低声发出了声音。由于她的羞涩,发出的音符走了调,大家一下哄堂笑了起来。这一来,乌鸦更羞得脸红脖子粗,她暗地里想:"嗨!多丢人呀!丑死了!"云雀制止了大家的笑,为了纠正好乌鸦的发音,她叫乌鸦大声再唱一遍。乌鸦却想:"这不是存心丢我的面子吗?我才不愿再丢丑呢!"她一声也不吭,恨恨地飞走了。

云雀只好接着点其他的鸟来唱。其他的鸟头几次发音也走了调,大家也同样地笑话;但却都没有像乌鸦那样飞走,而是总结经验耐心地学了下去。

后来，所有的鸟都学会了唱歌，唯独乌鸦到现在还不会唱歌。

爱面子的人是学不到本领的。

信　心

陈忠义

天鹅妈妈有两个孩子。

有一天,他们哥俩在天鹅湖边玩,不幸被猎人用网捉住,关进笼子里。饿了,猎人捉来小鱼虾给他们充饥;渴了,猎人送来甘甜的湖水给他们解渴。

吃饱喝足后,弟弟就在太阳底下舒服地晒太阳,睡大觉。哥哥劝他说:"兄弟,别睡了,还是锻炼锻炼身体吧。否则,将来就上不了蓝天了!"

弟弟不耐烦地说:"哥哥,我们现在生活还不错,又被关进笼子里,还是死了这条心吧!再说,这么小的笼子能飞起来吗?"

哥哥又耐心地说:"只要信心不死,机会总会有的!现在即使不能展翅高飞,但在笼子里迅跑一阵,或扑腾扑腾翅膀也好啊!"

时间一天一天过去了,弟弟的翅膀慢慢退化变小,哥哥的双翅练得更有力了。

有一天,猎人喂食时,忘了关笼门。哥哥见机会来了,忙喊:

"兄弟,快跑!"说罢,展翅飞上蓝天。弟弟虽也跑出笼门,可扑腾扑腾翅膀,就是飞不起来,又被猎人捉回笼中。

后来,哥哥成了鸟类旅行家大雁,弟弟成了家鸭。

每当大雁整齐的队形飞过天鹅湖时,鸭子总要抬头羡慕地问:"哥哥,我俩本是一母同胞的兄弟,为什么现在处境截然不同呢?"

大雁意味深长地说:"兄弟,妈妈只能给我们生命,而路却要由我们自己走啊!"

两 只 熊

许润泉

一天,黑熊偷吃了猴子种的蜜桃,不小心把蜜桃种子咽进肚子里了,它非常惊慌,担心种子在肚子里发芽,长出蜜桃树,要把肚子胀裂开来。

它越想越发愁,饭吃不下,觉睡不着,日夜不安宁。

白熊知道了,笑着说:"不要紧,书上说过,任何植物都离不开水,只要你以后不喝水,蜜桃树就长不出来,即使发芽,也要干死。"

黑熊听了连连点头。从此,它再也不敢喝水。嘴唇烧焦了,也不敢喝水,不久就渴死了。

父 母 心

刘毅新

一只猫不请自来,搅乱了群鼠的露天联欢会。

母鼠跑着跑着,发现孩子没跟来——幼鼠不懂事,竟将猫当作朋友,玩起了游戏。

母鼠就勇敢地朝猫走去。

别的鼠见她反向而行,面无血色道:"她疯了,前面是最凶残的敌人!"

母鼠会不知道?但那里有她的孩子,她别无选择!

公鼠风风火火地赶来,对母鼠说:"孩子更需要妈妈,我来!"

母鼠没走,在一旁准备帮助丈夫。

猫撇下幼鼠,轻蔑地看着他们。

公鼠像发怒的雄狮,高高跃起,一下落到猫背上,照着对方致命的脖根处,就是狠狠一口。

猫连惊带痛,大叫:"救命!……"

猫的同胞来了不少,可全被这天方夜谭般的一切给吓住,不敢向前。

猫摇头晃屁股,想甩掉公鼠,可公鼠镇定自若,紧紧抓住猫的皮不放,跟长在一块似的;面对猫伸过来要拉下自己的利爪,他也不畏惧,张嘴就咬。……一会儿猫就被公鼠结果了。

    随后,两只鼠从容地带走了孩子。

    趋利避害是人之常情,为了孩子,我们的父母却会趋害避利!可怜天下父母心!

狐狸的遗言

马长山

夜深了,村子里漆黑一片,只有鸡舍的一角还有一丝微光。原来是一只大公鸡正在秉烛夜读。

一只狐狸轻轻地溜进了鸡舍的门。它双眼紧盯着埋头苦读的公鸡,嘴里流出了口水。

"再有半分钟,我就可以抓到你了。"狐狸得意地想着,"真是个书呆子,已经死到临头了,还一点儿也没有察觉。"

狐狸一点儿一点儿地往前蹭……突然,狐狸扑通一声掉进了一个陷阱里。公鸡哈哈大笑了几声。几条大黄狗冲进鸡舍,把垂头丧气的狐狸抓了出来。

"明日午时斩首!"公鸡朝狐狸挥了挥翅膀。

"我……能否给我的家眷留下几句遗言?"狐狸有气无力地问。

"遗言?但留无妨。"公鸡等着狐狸的下文。

"请转告我的妻小,"狐狸流着眼泪说,"一定要当心爱看书的动物!"

孤芳自赏的圆规

海代泉

圆规在白纸上用一只脚站定,用另一只脚旋转了一圈。它满意地欣赏自己的脚印,不禁对身旁的尺子夸耀说:"你看,我的脚印多么美呀,谁也没有我走得这么圆了。"

尺子诚恳地说:"不要老是欣赏自己的脚印,不要老是回顾自己走过的路,而应该勇往直前。否则将永远封闭在原处。"

小马过河

彭文席

有一座小山旁边,住着一匹老马和一匹小马。小马整天跟着妈妈,从来不肯离开一步。

有一天,妈妈对小马说:"宝宝,你现在已经是个大孩子了。你能帮助妈妈做点事吗?"

小马点了点头说:"怎么不能呢!我可喜欢做事啦。"

妈妈听了,高兴地笑着说:"宝宝真是好孩子。那么,你就把这袋麦子背到磨房里去吧。"

妈妈说着,就把一袋麦子放在小马的背上。

小马试了试,一点儿也不重。可是小马对妈妈说:"妈妈,你跟我一块儿去好吗?"

妈妈说:"怎么,妈妈要是能够跟你一块儿去,还要你帮什么忙呢?快点去吧,早去早回,妈妈等着你吃饭。"

小马独个儿背着麦子向磨房走去。

从小马的家到磨房,要蹚过一条小河。小马走到小河边,看见河水挡在前面哗啦哗啦地响着,心里有点怕了。"过去呢,还是不过去呢?妈妈不在身边,怎么办啊?"小马想着,就回过头去朝后望。他想这时候妈妈跑来就好了。

可是他没有看到妈妈的影子,他只看见老牛伯伯在河边吃草。于是小马连忙嘀嗒嘀嗒地跑过去,问牛伯伯:"牛伯伯,请你告诉我,我能过河去吗?"

牛伯伯回答说:"水很浅哪。还不到我的小腿那么深,怎么不能过去呢。"

小马听了,立刻就朝小河跑去。

"喂!慢点跑,慢点跑!"

咦!是谁在说话呢?

小马停住脚抬头一看,原来是一只小松鼠。

小松鼠蹲在一棵大松树上,摇着大尾巴,对小马说:"小马,你可别听老牛的话。水很深,一下水就会淹死的!"

小马问松鼠:"你怎么知道水很深呢?"

小松鼠说:"我怎么不知道呢。昨天,我们的一个同伴过河,就给大水冲跑了!"

小马说:"那么牛伯伯为什么说水很浅呢?"

小松鼠说:"浅?浅,怎么会把我们的同伴冲跑了呢?你可别听老牛的话!"

小河里的水到底是深呢,还是浅呢?小马没有主意了。

"唉!还是回家去问问妈妈吧。"小马甩了甩尾巴嘚嘚嗒嗒地又往家里跑。

妈妈看见小马回来了,奇怪地问:"咦!你怎么就回来了呢?"

小马很难为情地说:"河里的水很深,过……过不去……"

妈妈说:"怎么会很深呢?昨天小驴叔叔还到河那边驮了

好几趟柴呢。他说河水只齐到他肚子那儿,很浅。"

"是这样……老牛伯伯也说水很浅。他说只到他小腿那儿……"

"那么你为什么不过去呢?"

"可是……松鼠说……水很深,昨天,他的一个同伴过河,给河水冲走了。"

"那么到底是深呢,还是浅呢?你仔细想过他们说的话吗?"

"想了一下,可是没有仔细想,不知道他们俩谁说得对。"

妈妈笑了。妈妈说:"你现在仔细想想看,牛伯伯有多高多大,小松鼠又有多高多大;你再把小松鼠和你自己比一比,你有多高多大,小松鼠又有多高多大,你就知道能不能过河了。"

小马听了妈妈的话,高兴得跳起来。他说:"明白了,明白了,河里水不深,我过得去。唉!我刚才怎么不仔细想想呢!"

小马说着,就连蹦带跳地朝河边跑去。

小马一口气跑到河边,立刻跳到水里。河水刚好齐到小马的膝盖,不像老牛伯伯说的那么浅,也不像小松鼠说的那么深。

小马背着麦子,很快活地蹚着水,扑通扑通地过了河,到磨房去了。

车轮和陀螺

徐强华

一只金色的陀螺滚到一只乌黑的车轮旁边。它踮起小小的脚尖问车轮:"喂,黑不溜秋的大家伙,你有什么能耐呀?"

"旋转。"车轮答得很干脆,"漂亮的小弟弟,听说你的本事也是旋转,对吗?"

"对呀!"陀螺趾高气扬,"我旋转快如飞,世界称第一。一分钟能旋转几千次,一个钟头旋转的次数,恐怕比天上的星星还要多哩!你呢,我的黑家伙?"

"我嘛,一分钟大约旋转几百次,一个钟头不过两万多次。"车轮说。

"俗话说:'不怕不识货,就怕货比货。'看来,我比你强多了!哈哈哈,我比你强多了!"陀螺显得十分自负。

车轮轻蔑地瞥了陀螺一眼:"强多强少,得看实质。"

"你这话是什么意思?"陀螺疑惑不解地问。

车轮说:"我旋转一次,就前进一大步;不断旋转,就不断前进。你旋转快如飞,我远远比不上。但尽管你旋转的速度很快,频率很高,却始终没离开过原地哪!"

大　海

陈乃详

浩瀚澎湃的大海，紧紧地包围着贴在地球表面的几块陆地。

"你看，"大海拍拍陆地说，"我是多么巨大，你是多么渺小！"

"你在胡说什么！"陆地猛地推一下大海，生气地反驳说，"难道你是悬在空中的大气吗？请仔细看看，你究竟躺在谁的怀里！"

治伤妙法

柯玉生

有一个人,触犯了国王,国王吩咐侍卫,重重地鞭打他一顿。打得他皮开肉绽,腿上、屁股上,没有一块好的地方。他去求医,医生告诉他:在伤口上敷些马粪,就不致溃烂,可早日愈合。

一个呆子得知了这件事,心里暗暗高兴。他想:"我真走运,没付任何代价就学到了治伤妙法!"

呆子回到家中,把儿子叫到跟前说:"我学到一个医治鞭伤的妙法,现在你帮我验证一下。"边说边脱去上衣,吩咐儿子拿鞭子使劲抽打自己。呆子咬牙忍痛承受鞭打,直到皮破血流才让住手。然后,呆子再将马粪敷到伤口上去。

果然,呆子的伤口没有溃烂,妙法得到了证实。他扬扬自得,以为自己聪明,却不知好好的皮肉已经平白无故地吃了一顿苦头。

麻雀求证

千天全

麻雀对自己"叽叽喳喳"的歌声是十分满意的,但鸟儿们会不会公认自己的歌声好听呢?麻雀想证明一下这个问题。

麻雀去找猫头鹰,猫头鹰回答说:"好听,比我的歌声好听。"

麻雀去找乌鸦,乌鸦回答说:"好听,比我的歌声好听。"

麻雀去找秃鹫,秃鹫回答说:"好听,比我的歌声好听。"

麻雀很得意,无论飞到哪里都叽叽喳喳地高声唱着。

这天,麻雀正在一棵松树上唱着,旁边的松鼠大声喊道:"别唱了,太难听!"

"什么,太难听?我专门问过猫头鹰、乌鸦、秃鹫,它们谁都说我唱得好听。"麻雀不服气地对松鼠瞪起两只小眼。

松鼠说:"你为什么不去问夜莺或百灵呢?"

"用得着吗?难道问了那么多鸟都不能证明我的歌声好听,还要我把天下所有的鸟儿都问完吗?"

眼睛、嘴巴、耳朵的对话

王广田

眼睛:"世界上只有我最诚实,所以人们把我誉为心灵的窗户。我绝不会像嘴那样随意撒谎,随意夸大,歪曲事实,或把黑的说成白的,把白的说成黑的;也绝不会像耳朵那样轻信谣言,好听花言巧语,不务实。常言道'眼见为实,耳听为虚'便是对耳朵这些毛病的最好的批评。"

耳朵听后愤怒地驳斥道:"没有我,谁也别想听到美妙的音乐!只有我,才能给人们的心灵插上音乐的翅膀,让它向着光明的太空飞翔!我不像你,常常看不清脚下的道路,有时还把好人当坏人,把坏人当好人,所以怎能不让人们说你是'睁眼瞎子',说你是'有眼无珠'呢?!我也不像嘴那样粗俗,整天只知道贪吃,动不动就骂人,有时还把大堆大堆的脏话倒在公共场合。"

"哼!"嘴巴火冒三丈,"你们这两个狗东西高高在上,日日夜夜压迫着我,眼睛瞧不起我,耳朵面对着虚空一副高傲的样子,可是,别看我处在下层,生命最需要的营养和水分都是由我提供的,而你们,游手好闲,到处打听别人的隐私,偷看花与花的接吻,真是可耻到了极点!"

它们三个争吵得正激烈,突然听到嚓啦一声。它们被这一声惊吓得立刻停止了争吵,慌忙缩回到内心。

回到内心后,它们发现心灵正举着一把利剑准备自杀。

"大王,大王,求求您,千万不能这样做啊!"眼睛、耳朵、嘴巴一起向前跪下乞求心灵道。

"听到你们刚才的争吵,我如乱箭穿心!你们之间的相互指责其实就是对我一人的指责,我已知道我有许许多多的缺点,犯下了许多不可饶恕的罪孽,所以我不想活了,我要死!"

"大王,大王,难道您没有听到我们对自己的赞美吗?其实您也有许许多多的美德和许多铺天盖地的功劳,所以,您是没有理由不活下去的。"

听了它们三个的劝告,心灵的眼前顿时出现了一片明亮。它收回了自己手中的利剑,并对眼睛、嘴巴、耳朵说:"好好,我不死了,但是,今后你们一定要改掉自己的所有缺点,多做好事,同时希望你们今后都要在自己的位置上各司其职,相互配合,再不能发生争吵现象了。"

心灵的话音刚落,生命就变成了一片欢呼!

爱埋怨的脚

孙三周

一个人的脚来到上帝面前,埋怨道:"上帝啊,你做事太不公平了!为什么要让我们两只脚一天到晚在地上走路,而让两只手高高在上、悠闲自在呢?"

"脚先生,这是你的职责呀!"上帝说。

"不,难道我们脚除了走路就不能干别的事了吗?我们要平等!我们要公平!"

"那好吧,脚先生,你去做章鱼的手吧。"上帝满足了脚的要求。

"哼!我才不愿意一天到晚泡在水中呢——你要淹死我呀?"脚生气地说。

"可是,除了章鱼,还有谁需要更多的手呢?"上帝问道。

"那我还做脚吧——但是不能做人类的脚,我只要公平!"脚回答。

"那你就去做小毛驴的脚吧——他的四只脚是绝对平等的。"上帝说。

"不行的!小毛驴整天替人类背东西,累死了!"听了上帝的话,脚一个劲地摇头。

"那你去做老黄牛的脚,好吗?"上帝又问。

"不行的!老黄牛整天忙着耕田,把脚底掌的皮都磨破了,痛死了!"脚不同意。

"那你去做羚羊的脚吧。"上帝说。

"不行的!那太危险了,早晚会被狮子吃掉的!"脚更加不同意。

"那你就去做狮子的脚,怎么样呀?"上帝又问。

"不行的!狮子一天到晚追捕猎物,累死了!"脚还是不同意。

这时,上帝有点不耐烦了,直接安排脚先生去做猪的脚,并且对他说:"脚先生,据我所知,世界上什么事都不做的只有猪了,你去做他的脚吧,那里一定很适合你的。"

脚高兴地接受了上帝的安排——因为他得到了一份既平等又轻松的工作。

可是,没过几天,脚又开始埋怨了——整天被插在烂泥和猪粪中,又臊又臭,哪像做人类的脚,一天到晚躺在鞋子里,多舒服呀!

蜻蜓的劝导

蓝芝同

蜻蜓劝导蜜蜂道:"你们最好还是把蜜搬到露天去酿吧,整天关在房里,谁知道你们在干些什么呀?"

蜜蜂回答说:"我们的工作可不是摆花架子,而是拿出香甜的蜜来。"

登　高

金雷泉

动物王国里有一座山峰,高耸入云,非常险峻。动物们都想爬上这座高峰,一览众山小,可是许许多多的攀登者都以失败告终。有一只坚强的羚羊下定决心,历尽艰辛,终于登上了最高峰。站在高峰上,欣赏着云峰、雾海、周围大大小小的山峰和远处波澜汹涌的大海,羚羊自豪极了,他是第一个爬上高峰的动物,将永远载入动物史册。

突然,羚羊想到:如果再有别的动物爬上这座高峰,出现第二个、第三个……我的地位不就要受到威胁了吗?想到这里,羚羊用尖锐的角把刚才攀山时的垫脚石全挑下了山崖,使四周变得光秃秃的。看到动物们再也爬不上来了,羚羊得意地笑了:哈哈,我将永远是天下第一!

从此,再也没有别的动物攀上这座高峰了,同时,这只第一个攀上山峰的羚羊待在孤峰上,再也没有下来。

啄木鸟医生

冰 子

春天的森林里鸟语花香,绿树成荫,一切显得那么富有生机和活力。

有一棵大树却叶子发黄枯萎,精神不振,显然是病魔缠身。

住在这树上的喜鹊发现后,想起该树去年生病时是啄木鸟给医治的,啄出几条大虫后,逐渐恢复健康,枝叶开始茂盛。它就马上飞去请啄木鸟医生快来医治。

啄木鸟心想:"这树是我医过的老病号,肯定又是患了老毛病。"

于是,它便不假思索地飞到树干左边,"笃笃笃"啄开个大窟窿,但找不到一条虫子;再转到右边,"笃笃笃"啄开个大窟窿,也找不到一条虫子。啄木鸟硁硁自信地对喜鹊说:"没治了。我啄木鸟治病,嘴到病除,举世闻名。我已尽最大的努力,却没抓到一条虫子,可见'虫'已入膏肓,无药可治。我啄木鸟治不了的病,别人也甭想了。你还是赶快迁居吧!"

喜鹊果然相信它的话,不去请别的医生,让大树慢慢死去。

大树在临死前叹息地说:"我今年是根部腐烂,怎么能像去年一样在树干动手术呢？庸医啊……"

　　那种自诩有一套独一无二的本领可以解决一切，唯我独尊，用老办法去解决新问题，且不反省自身问题的人，也像啄木鸟医生之类，可以害死人。

樵夫和大树

张孝成

一位樵夫问一棵大树:"你到底有多大岁数?"

"我已经一百岁啦。"大树笑答。

"一百岁?你难道比我还大?我不相信!"樵夫一脸疑惑,"我才活了九十岁啊!"

"我确实是一百岁。"大树平静地重复。

"不,我就是不信!"樵夫说完就挥起斧头锯大树。

很快,大树被锯倒了。

樵夫一看大树的年轮——此树果然是一百岁。

樵夫这回彻底相信了。

躺在地上的大树痛苦地呻吟:"你为了证实我的年龄,竟然把我的性命给夺走了!"

喜欢过日子的青蛙

邱来根

夜深人静,青蛙还在不停地唱着自己喜欢的歌。

"真是名副其实的乐天派。"一只螃蟹说。

"整天重复着同样的老调,烦死人了,还乐天派呢!"田鼠愤愤地说。

螃蟹打断田鼠的话:"我不这样认为,青蛙每天在这种环境下,能够保持愉快的心情,从不抱怨生活,是值得我们学习的。"

"有什么好高兴的,住在这荒郊野外,在闷热的稻田捕捉飞虫充饥……"田鼠仍然没好气地说。

听到田鼠和螃蟹的争论,青蛙停止了唱歌,劝告田鼠:"请别抱怨生活,更不要干预别人的生活。"

"我可没有你这样的好心情,整天为生计奔波,提心吊胆过日子,能不抱怨生活吗?"田鼠不耐烦地反问。

"不,实际上并不是生活亏待了我们,而是我们对生活企求太高,以至忽略了生活本身。"

"哇哇哇,呱呱呱……"

青蛙说完,又去唱自己的歌了。

想吞天池的老虎

王伯方

一只东北虎,非常狂妄。

他遇见一只漂亮的鹿,说:"我要吃掉你!"

鹿说:"不行呀,我在长白山天池边上土生土长,是吸吮了天池的'天、地、山、水'之精华而修炼成的仙鹿,你吃不了!"

"笑话!天、地、山、水我都吃过,还吃不了你这只小小的鹿?"虎得意地说。

"你吃过天?"鹿问。

"噢,吃过,吃过!"虎稍稍迟疑了一下,"天嘛,与甜同音,它的肉甜得很呢!"

"那,地的味道怎样?"鹿问。

"地嘛,因为地上的生物是各不相同的,所以味道也是多种多样的。如羊有膻味,鸡有鲜味,猪有油腻味……"虎越说越得意了。

"难道你连山也吃过?"鹿又问。

"吃过吃过。我是山大王嘛!山里的东西我全吃过!"虎说。

"那水,你更是吃过了?"鹿逗他问。

"吃过吃过,那东海龙王是我的结拜兄弟,啥样海鲜湖鲜都往我这里送。凡是海里的、湖里的、江里的东西,我都吃遍了。"虎很是自豪。

鹿想了想,装出很敬佩的样子,对虎说:"看来你真了不得,不过,这'天、地、山、水',你都是分别吃的。我们长白山的天池呀,可是凝聚了天地山水的精华哎,如果你能把天池吃了,才是最了不起哟。你吃了天池,我才愿意让你吃。"

"一言为定。哼!我一定要把这天、地、山、水的精华吃了!"虎很有信心地跟着鹿来到天池边。

虎看着这么大的天池,面露难色,但强作镇静,当即飞身跃起,张嘴做吞食之势。只听扑通一声,这只不自量力、狂妄至极的东北虎掉入了天池,就再也没有起来过……

先长成大树

范　江

一棵小树苗刚从土里钻出来不久,它喜欢那蓝蓝的天,飘浮的云,更喜欢那空中飞过的鸟。

一天,一只翠鸟落在小树的身边,小树欢喜极了,说:"小鸟小鸟,快来跟我玩吧!"翠鸟蹦了几下,瞅了它一眼,还没等回答,就不知为什么啾的一声飞走了。

小树很遗憾,想:大概是它不喜欢我。

又过了几天,小树看见一大群五颜六色的鸟落在几棵高耸入云的大树上开音乐会,鸟儿们或独唱,或合唱,声音啁啁啾啾,真是动听极了。小树多么盼望鸟儿们也落到自己的身上来唱啊,可是鸟儿们似乎对它连看都没看一眼。

小树就这样盼啊想啊,可是鸟儿们始终不来。

一天,小树实在太闷倦了,就问离自己不太远的一棵老树爷爷:"爷爷,怎么能让鸟儿们也来我这儿唱歌呢?"

老树爷爷摸了摸胡子笑了笑说:"孩子,你还太小,太矮,鸟儿们是不会来的。"

"为什么小、矮,鸟儿们就不来呢?"

"你想想,孩子,"老树爷爷认真地说,"鸟儿们是比较脆弱的,因此也是很机警的。它们喜欢唱歌,但更需要的是安全。你这么小,这么矮,地上的敌害又那么多,鸟儿们假如在你这儿唱歌,能有一时一刻的安全吗?而高树就相对安全多了,因为许多敌害是不会上树的……"

听到这些,小树似乎有些明白了,它确实看到过爬行的蛇,钻洞的鼠,大尾巴的狐狸,丑恶的狼,都曾从身边走过。而真要是鸟儿在自己身边唱歌,它是无能力保护它们的。

"孩子,快长成一棵大树,鸟儿就会朝你飞来。"老树语重心长地对它说。

"对,先长成一棵大树。"小树似乎一下明白了不少,它挺了挺胸……

驴和狐狸

周冰冰

当下世界正处于知识爆炸时代,连驴也深感自己蒙昧无知,于是就发奋学习起来。狐狸听到了这个消息,赶来讽刺说:"你的愚蠢和我的狡猾是举世公认的,学习顶什么用啊!我的狡猾毕竟是一种智慧,可你的愚蠢不仅在《伊索寓言》里一再出现,就连中国的寓言也有'黔驴技穷'的嘲笑。你已经是愚蠢的化身和代名词了!驴想有学问,这可是天大的笑话,哈哈……"狐狸狂笑不已。

"不,我不同意你的论调。"驴认真地说,"我承认自己是非常愚蠢的,但我要拼命地学习,时间久了就能变得聪明一点儿。"

"哈哈……"狐狸笑得前仰后合。

"要是学习能使驴变得聪明,我们智慧的狐狸愿做阁下的随从。"

驴子对狐狸的冷嘲热讽并不动气,它严肃地说:"狡猾怎么能和智慧相提并论呢?它不过是一种贪婪奸诈的小聪明、损人利己的小伎俩。所以,狡猾的狐狸永远也不配说成是智慧的狐狸!"

　　狐狸听完驴的话,先是满脸愠色,接着是面红耳赤,最后深有感触地说:"如此下去,狐狸可真的要做驴的随从了。"

老虎种胡萝卜

胡鹏南

有只老虎从书上看到一则知识,兔子爱吃胡萝卜,它看了后受到启发,就在山坡上种了许多胡萝卜。

冬天,胡萝卜成熟了,老虎收获了一千多斤,放在山洞里,堆得高高的像一座小山,只要走到洞口,就能嗅到从洞里飘出来的甜滋滋的胡萝卜味道,真让人嘴馋呀。

住在隔壁山洞里的老狐狸问老虎:"你吃荤不吃素,种这么多胡萝卜干什么?"

老虎得意地说:"我当然有用处!"

第二天,老虎在山上到处贴布告,说老虎做善事,每只兔子到老虎处可免费领取胡萝卜两斤,时间不限,送完为止。

老虎想,兔子看了布告,一定会成群结队地来领取胡萝卜。所以一早起来,就在洞里等候。

谁知连等两天,门前冷冷清清的,一只兔子也没有来。它很奇怪,就到隔壁问老狐狸,这是什么原因。

老狐狸说:"这有啥奇怪?兔子虽小,但并不愚笨。它们知道胡萝卜好吃,可是到大王这里来免费领取,得付出生命的代价,还有谁会来上当呢?"

自私的驴

邹海鹏

一头驴和一匹马驮着瓷器和主人一起去做生意。

一路上,驴东瞧瞧西看看,极不安分,结果一不留神,驮着的瓷器撞到了一棵大树上,碎了好多。

主人心痛不已,把驴大骂了一顿。

驴挨了骂,心中愤愤不平,于是在途中偷偷地咬断马身上捆瓷器的绳子,结果马驮的瓷器散落一地,都成了碎片。

驴在一旁幸灾乐祸,等着看马的好戏。

主人检查了捆瓷器的绳子,断定绳子断了是驴所为。于是,拿起鞭子把驴狠狠地教训了一顿。

自私的驴呀,受到了应有的惩罚。

两只猴子与一个桃子

林锡胜

一棵已摘完桃子的桃树下,一高一矮的两只猴子在玩耍。忽然,一阵大风吹来,树上的密叶里,露出一个又红又大的桃子。

两只猴子几乎同时惊喜地叫起来:"啊,桃子!"

说时迟,那时快,只见高个猴子抢先噌噌噌地上了树,他摘下桃子,顾不得擦一下就往嘴里塞。桃儿像蜜一般甜,高个猴子吃完桃子却擦擦嘴,对矮个猴子说:"这个桃子真难吃,里面都烂了,我今儿准得闹肚子。"

"是吗?"矮个猴子冷笑一声,"我倒希望你舍得把这'烂桃'分一半给我,让我今儿也闹肚子呢!"

"你,你以为我在骗你?"高个猴子用一只手拍着胸脯说,"我敢对天发誓,我吃的的的确确是一只烂桃!……"

矮个猴子打断他的话,说:"明知桃子烂了,吃了会闹肚子,还要吃,你这不是成了傻瓜一个吗?"

高个猴子:"……"

马厩里的千里马

葆 劼

马厩的主人,是位相马高手。只要他到草原走一趟,准能买上几匹千里马回来。

看那马厩里的马吧,什么乌骓呀黄骠呀雪青呀,都是日行千里的宝马,几乎每个槽头上都拴了一匹。

一日,一位要远行考察的学者,前来索马。马厩主人连连摆手:"不行!不行!"

学者说:"你有这些千里马不用,不是白白浪费资源吗?"

马厩主人说:"我只是把千里马集中起来,怎么叫浪费?"

又一日,一位勇猛的猎手前来索马,得到的是同样的答复。

再一日,一位威武的将军前来索马,也是空手而归。

这样,马厩里的千里马,谁也未能索去。日复一日,年复一年,千里马一匹匹渐渐地老了,死去了。可是,马厩的主人还是经常到草原去,仍在不断购进新的千里马。

蜘蛛与牡丹

吴礼鑫

蜘蛛蹿到牡丹面前,牡丹随意地问道:"人们都说你是'五毒之首',这是为何呢?"

蜘蛛神气十足地回答道:"我聚天地之肮脏,食蚊蝇之毒物,吐内心之最毒,所以才造就心狠嘴毒,天下一流。"

随后蜘蛛向牡丹问道:"人们都说你是'国色天香',这是为何呢?"

牡丹谦虚谨慎地回答道:"我聚大地之灵气,吸天空之精华,取自然之雨露,承蒙天地厚爱,所以才造就美丽芳香,天下欣赏,其实何足挂齿呢。"

聚恶者,恶更恶;集善者,善益善。

蚂蚁和狮子

张培智

小蚂蚁总是睡不醒,还在做着掏蜂巢吃蜜的美梦,蚁王就吹起了出工的号令。小蚂蚁伸了伸胳膊,揉了揉惺忪的睡眼,从蚁穴里探出头来,新的一天开始了。

风和日丽,春暖花开,满山遍野开放着数不胜数争奇斗艳的鲜花。小蚂蚁在花草丛中寻寻觅觅,正忙得满头大汗,突然肩上不知被谁撞了一下,"哎哟"叫了一声,在草地里打了几个滚,痛得他差点掉眼泪。小蚂蚁抬头见是狮子,友好地问:"狮子先生,你要去哪里?"

狮子也是一大早就出来寻找食物,可到现在还没有找到可吃的东西,正为饥肠辘辘而发愁,以为是什么小动物自动送上门来,喜滋滋地弓起背脊准备攻击,低头见是蚂蚁,顿时像泄了气的皮球,爱理不理地只顾走路。

蚂蚁以为狮子没听到,就爬到狮子身上,附在狮子耳朵上问:"狮子先生,我们能做个朋友同行吗?"

狮子摇晃着身子,把蚂蚁甩到地上,说:"你算什么东西,滚开。"还气呼呼地踩了蚂蚁一脚,扬长而去。小蚂蚁翻了个身,又忙碌开了。

过了几天,小蚂蚁又出来寻找食物。当他翻过一个山冈,正要下坡的时候,又遇见上次对他爱理不理的狮子。小蚂蚁正要上前打招呼,发现狮子躺在地上一动不动。是狮子病了,可身边怎么没有一个朋友照顾他?小蚂蚁来到狮子身边,连叫几声不见狮子答应,摸摸狮子的额头,烫得好厉害,果真是病了。

小蚂蚁想,这可怎么办呢,如果狮子得不到救治,恐怕会有生命危险。小蚂蚁急忙找来几个同伴商量了一下,决定发出紧急求救信息,请求森林中的动物朋友们一起来救助狮子。只见蚂蚁交头接耳,相互用触须传递狮子生病的消息。不一会儿,松鼠大夫背着个药箱来到狮子身边,经过一番抢救,终于把病了一天一夜的狮子救醒。

花蝴蝶见了,很为蚂蚁抱不平:"蚂蚁老弟,狮子那样粗暴无礼地对你,可你还那样友善地帮他。"

蚂蚁说:"帮助别人是一种快乐,我们不能因为狮子偶尔的一次不礼貌而见死不救。"

狮子对自己的所作所为感到惭愧和后悔,更对蚂蚁的宽宏和大度肃然起敬。经历了这次磨难,狮子明白了一个道理:"自恃强大,藐视弱小,是最愚蠢的行为。"

侦探与小偷

叶永烈

一个大侦探由于屡破疑案,名声大振。小偷和强盗一听到这位大侦探的名字,就吓得浑身发抖。

有一天,大侦探正在家里,忽然响起了门铃声。

门口站着一位陌生的留着长胡子的客人。大侦探很客气地把他请了进来,递了一支香烟给他。

客人说明了来意:"侦探先生,我打心底里敬佩你。我也很想当一名侦探,不知道该从哪儿学起。"

大侦探微微一笑,不假思索地答道:"先生,为了答复你的问题,请允许我打个比方。

"比如,你是一个小偷——

"你刚才按我的门铃,就在门铃上留下了你的指纹。根据指纹,就可以把你查出来。

"你走进客厅,在打蜡地板上留下了你的一行很清晰的脚印。根据脚印,我可以判断你是男性还是女性,我还可以根据脚印的长度推算出你的身高。

"你坐在我的沙发上,留下了你的气味。我可以让警犬闻一闻这气味,跟踪追击,把你抓住。

"你抽了我递给你的香烟,把烟蒂扔在烟灰缸里。在烟蒂上,就留有你的唾液。我可以从你的唾液中,查出你的血型。

"你刚才还用手捋了一下你的长胡子。我注意到,在你捋胡子的时候,有一根胡子掉了下来。照理,根据这根胡子,我也可以断定你的血型。不过,我还注意到,你的胡子是假的,是粘上去的……"

说到这里,大侦探用手一把抓住客人的胡子,用力一拉,把胡子全部拉了下来。

客人浑身哆嗦,黄豆般的冷汗从前额滚落下来。

原来,这位"客人"是个小偷。他化装成老头儿,来到大侦探家里,本来想摸大侦探的底,弄清大侦探破案的奥秘。谁知大侦探在门口一眼就看穿了这个假老头的真面目。正因为这样,当大侦探说"比如,你是一个小偷——"时,就把"客人"吓了一跳。当侦探一一说明他的侦探技术时,把小偷吓得魂不附体,坐立不安,冷汗不由自主地冒了出来。小偷一边听,一边暗暗佩服,心想:"我已在门铃上按了一下,在打蜡地板上也走了几步,还在沙发上坐过,又抽了一支烟,捋了一下胡子……都给他留下了破案的线索!"

小偷原形毕露,狼狈极了,低头哈腰向大侦探求饶。

大侦探倒很宽宏大量,并没有把他抓起来交给警察局。

大侦探拿起笔,唰唰地在纸上写了几个字,然后把纸条装进信封,封好,交给小偷。

大侦探对小偷说:"先生,我还是言归正传,你到我这儿来,是为了了解我的侦探经验。现在,我已经把自己毕生的侦探经验写在纸上。你回家拆开一看,就会明白。我的经验并不保密,因此,你可以把我写在纸条上的话,交给你的同伙们看。"

小偷实在猜不透大侦探会在纸条上写些什么。他急急忙忙回到家里,马上拆开了信封,掏出了纸条。

纸条上写着什么呢?

写着这样十个字:

"若要人不知,除非己莫为!"

瓜们的寓言

高 也

微风和煦。丝瓜俯视着南瓜,说:"我的藤蔓很长,所以我可以爬得很高。每天清晨,我可以望着极远方的朝阳缓慢地升起,将自己洁白的光辉毫不吝啬地洒向刚刚苏醒的大地,朝阳的光芒,像初生婴儿的目光一样,纯真与不屑世俗;每天傍晚,我可以看见那一轮残阳带着血色的光芒,承载着大地上芸芸众生的悲欢离合,沉入地平线,夕阳的余晖终究还是无法承受所有的记忆而沉睡,回归于曾经的起点和现在的终点;每到夜晚,繁星点点,星光的照耀下,我可以看见远处星罗棋布的村庄,稀疏的几间屋子外摇晃的灯光。我以俯视者的眼光,注视着路人们灵魂的干枯,以及闹市最深处的万籁俱寂。"

丝瓜说完转向南瓜,说:"那么你呢?"

"我并没有丝瓜你那样可以俯视大地的'高度',所以,我今生永远无法看见你所描述的朝阳初生、日薄西山、繁星点点,更无法看见人们灵魂的干枯。因为我的藤蔓很短,果实很重,所以脆弱的茎无法支撑这果实,我无法攀爬上高高的架子。但是我贴着土。我喜欢这样的感觉,踏实。我从未觉得泥土是污秽的东西,因为大地是滋润我们的初源。没有泥土,我也就不会降生,更不会知道还有日光这样如同解冻了的春风一样温暖的东西。所以我也不愿意往上爬,我不想离开大地。"

说到这里,南瓜低下了头。

一阵大风刮来,丝瓜的藤蔓被吹落在地。当丝瓜正想以惯常的姿态俯视地瞥一眼南瓜的时候,却猛然愣住。他已无法再俯视南瓜了。因为他和南瓜一样高了,甚至说,比南瓜还要矮一些。

——他没有了那个架子,又怎能再俯视大地呢?

没了架子,我们都一样。

乌龟与蝴蝶

桂剑雄

乌龟和兔子赛跑,因兔子骄傲,乌龟出人意料地赢得了那场实力悬殊的比赛。蝴蝶知道后,也要求与乌龟比赛。乌龟略加考虑了一下,便接受了蝴蝶的挑战,但要求由它来确定比赛的项目及场地。

见蝴蝶表示同意,乌龟说道:"你是飞行,我是爬行,为了体现公平竞争的原则,我们就比六十米障碍赛吧!"

随后,乌龟把蝴蝶带到了它自己非常熟悉、经常穿越的场地:二十米荆棘、二十米河流和二十米花丛。

比赛一开始,蝴蝶便一路领先,轻而易举地飞越了许多动物都难以通过的荆棘与河流,来到花丛。到达花丛后,蝴蝶发现乌龟还未爬出荆棘,便放心地在花丛中玩耍起来……

当蝴蝶在花丛中正玩得起劲时,乌龟已经游过了河流,不声不响地上到了岸上,并一鼓作气地悄悄爬过了终点,赢得了又一场实力悬殊的比赛。

——在人生的旅途中,如果花丛也算路障的话,对某些人来说,这道路障可能要比荆棘和河流更难逾越。

瓶子里的沙蜂

郑钦南

窗台上,一只小口瓶子的底部残存着一些饴糖,好几只沙蜂闻到了糖的香甜味,一头扎进瓶子里狼吞虎咽地大吃起来。

一阵风吹来,竖着的瓶子被吹倒后滚到了地板上,瓶子里的沙蜂以为发生了地震,顿时乱作一团。瓶子不断地滚动着,大家都被搞得晕头转向。此时,寻找出口成了大家的共同愿望。瓶子终于停稳了,一半在亮处,一半在暗处。这些沙蜂中一个带"长"字的小头目说:"有亮光的地方肯定有出口。"他指了指瓶底那头接着说,"只要你们紧跟我,我一定会把你们统统带出去。"

一只小沙蜂说话了:"不一定吧,我以为有风的那一头才是出口呢。刚才一丝风从那头吹过来,出口肯定在那边。"他一边说一边指了指瓶口那头。

"你休得胡说八道!有光亮的地方才是出口。头儿说的话绝对不会错!"沙蜂们异口同声地说。

"我们走!"带"长"字的小头目率先向瓶子的底部飞去。一道无形的墙挡住了他们的去路。"光明在向我们招手呢,大家先向后退,然后用力向前冲,冲过去就是胜利!"那小头目说。大家竭尽全力向瓶底撞去,结果一个个都被撞得头破血流。

那一只小沙蜂向有风的地方爬去,虽然这风很轻很轻,但是他还是感觉到了。凭着这一感觉,他成功地找到了出口。他回过头来大声说:"朋友们,出口真的在这儿呢……"可是,瓶子里的沙蜂全都呜呼哀哉了。

海中的蛟龙

肖邦祥

一条蛟龙在海中游泳时,不小心被冲到了一个浅水滩上。由于滩上水太浅,蛟龙顿时无法游动,只好静静地伏在那里。

常言道:"龙游浅水遭虾戏。"果然,一群小虾见了,纷纷游过来,对蛟龙一会儿尽情嘲笑,一会儿放肆辱骂,还故意在蛟龙身上左冲右撞。看那不可一世的神态,仿佛它们虾类才是海中真正的霸主。

然而,没过多久,大海开始涨潮了。浅水滩眨眼间涨满了潮水,蛟龙一下子又能游动了。

小虾们见了,一个个吓得连话都说不出来了。它们认为蛟龙准会报复,今天肯定是难逃一死。

可蛟龙连看都没看它们一眼,就径直向大海深处游去。

一只海龟见了,不禁问蛟龙:"龙兄,你为什么不惩罚一下那些可恶的小虾们呢?"

不料蛟龙听罢,竟哈哈大笑道:"我们蛟龙之所以能成为蛟龙,就因为我们从不把那些小虾之类的骚扰放在心上!"

一只拥有太阳的老鼠

牟丕志

有一只老鼠生活得十分快乐。它快乐的原因很简单。老鼠说:"我拥有一颗太阳。这是一颗多么神奇而伟大的宝贝,它给大地山川以灿烂的阳光,给每一种植物、每一个动物带来温暖和光明。"

大家都说老鼠脑筋有毛病。太阳神奇伟大不假,可是,太阳并不只是你的,那是大家的。你想独占不成?

可是,老鼠是一个顽固的家伙。它确信太阳就是自己的。其他动物是不是拥有太阳,它说自己管不着。它说自己要十分珍惜太阳。它每天早晨看太阳从山头跃起的样子,心里高兴极了。它每天晒着太阳,享受着它的温暖。它每天写着赞美太阳的诗,诗写得很一般,很平常,但都是发自心灵深处的。因为,它从骨子里确信太阳是自己的。它觉得,如果对太阳有半点轻视和浪费,那是一件十分可怕和愚蠢的事。它就这样简单而快乐地生活着。

相比之下,狮大王烦恼很多。狮大王因为争夺一块领地失败,丢了面子和尊严。它想到了自杀。它为选择自杀的方式而煞费苦心。如果选择跳河的话,它怕身体被鳄鱼吃掉,它不希望自己死得那样窝囊而没有面子。如果选择坠崖的话,它唯恐被摔得粉身碎骨,它不想死得那样可怕。如果选择上吊的话,它怕许多动物看见自己可悲的样子,会嘲笑自己,留下话柄。它痛苦极了。

它发现老鼠很快乐。心想,自己丢了一块领地,也比老鼠威风多了。可是,老鼠却那样地快乐,而自己却痛苦得要死。

于是它捉住了老鼠。它对老鼠说:"你必须把你快乐的秘诀告诉我。否则我会吃了你。"

老鼠说:"我实在没有什么快乐的秘诀。我只是平平常常地活着而已。"

狮子说:"这绝不可能。快乐总是有原因的。"

狮子见老鼠不肯说出快乐的秘诀。心里想,是不是老鼠有十分珍贵的宝贝?

它命令老鼠将自己最心爱的宝贝拿出来。

老鼠说:"我最心爱的宝贝是太阳。难道你不拥有它吗?"

狮子说:"太阳是什么好东西?大家都有份呀。"

老鼠说:"假如没有太阳呢?"

狮子感到很吃惊。因为,它从未想过这个问题。它试图往下想一想。这个假设实在太可怕了。这个假设告诉它:原来,太阳才是最宝贵的财富呀。

狮子明白了:老鼠说的是实话。快乐不快乐,只是心态问题。它从心里对老鼠产生了深深的敬意。

狮子决定放了那只快乐无边的老鼠。

蚂蚁的醒悟

吕华阳

一只十分勤奋的蚂蚁,有一天误入了牛角。

蚂蚁很小。弯弯的牛角,在它看来就像是一条极其宽阔的隧道。它想,走出隧道,定会是一个草美水丰的洞天福地。谁料,脚下的路却越走越窄,到后来竟难以容身。为此,蚂蚁不得不停下来进行认真思考。经过一番激烈的思想斗争,它决心掉过头来,重新开始。

这一回,它由牛角尖向牛角口进发,结果它惊喜地发现,道路越走越宽广,而且步出牛角,天蓝盈盈的,极其高远;地郁郁葱葱的,宛如绿浪滚滚的大海。一时间,它觉得自己就是那天上自由飞翔的小鸟儿,大海中随意竞游的小鱼儿。

之后,蚂蚁逢人便说:"当你遇到无法逾越的障碍时,不妨换一种方式。这就像面对一扇打不开的门一样,换一把钥匙,希望之门或许就会为你敞开。"

竹笋和松树

何志汉

竹笋嘲笑身边的松树说:"你老兄太没出息了,这些年也没长多高;你看我,几天时间就超过了你!"

松树只是微微一笑,一副泰然自若的样子,没把竹笋的嘲笑当回事。

忽一日,狂风骤起,飞沙走石,成片的竹笋被疾风吹折,长得越高的,折断得越快。而松树则岿然不动,它们瞥一眼身边倒下的竹笋说:"脑袋太尖了,肚子太空了!"

鹰和百灵

林植峰

练飞的鹰和学唱的百灵,有次偶然碰在一起。百灵关切地问道:

"鹰,你听到过乌鸦、斑鸠等鸟儿对你的议论吗?"

"没有。"鹰摇摇头,"我很少留心。"

"它们说你蹿得太高,冲得过快,净想出风头。"

"哦,是这样?"鹰笑了,猛然间记起了什么,"我那天偶然听见它们提到你,说你唱得妖声怪气,是为了哗众取宠,等等。"

"那么,你飞低飞慢些,我也少唱些算了。"百灵心中难过,沮丧地提议道。

"恰恰相反!"鹰勉励它道,"如果因为听了乌鸦、斑鸠的这类话而畏葸不前,我们就别想有出息了!"

鹰说罢,一振翅插入了蓝天,比往时飞得更矫健更迅疾。百灵受到鼓舞,它长长地吐了一口闷气,又唱起一支新曲儿来。歌声悠扬悦耳,连从上空掠过的鹰听了,也止不住发出喝彩声。

一个萝卜一个坑

李菊香

秋天,农夫在田里挖了一个小小的坑,准备种下一颗萝卜种子。

"等一下!"种子对农夫说,"俗话说,一个萝卜一个坑,我是一颗优秀的种子,当然应该有个优秀的坑才配得上我。这个坑应该足够阔、足够深才行!"

农夫对萝卜种子说:"行了,这对于你来说已经足够大了。"说着农夫就把它丢进土里掩埋住了。

现在,连那个小小的坑也不存在了。萝卜种子躺在黑暗的泥土里,它郁闷地抱怨:"不是说一个萝卜一个坑吗?这里空间这么狭小,属于我的坑在哪儿呢?"

紧贴着它的泥土安慰它说:"噢,小萝卜种子,不要难过,如果你是颗优秀的种子,你会有属于自己的那个坑的!现在你要做的是尽快让自己发芽生根。我会尽量给你提供充足的水分和养料,公正地对待每一粒种子。能不能有自己的坑得靠你自己。"

萝卜种子终于明白了,原来并没有一个属于自己的坑在等着自己,想要一个自己的坑,那得靠自己的努力才行。

　　小萝卜种子努力地吸收水分,很快萌出细小的芽。它一个劲地向上长,叶子在太阳下晒得青翠欲滴,根在泥土中一天天长大。开始只有细细的根,渐渐地有小手指粗了,后来就像婴儿的小臂那么粗了。它每长大点,泥土就为它让出一些地方来。

　　一天,这棵肥白多汁的大萝卜被拔出了泥土,农夫搓着手上的泥土兴奋地说:"哈哈,这是今年最好的一棵萝卜了!瞧它留下多大的一个坑!"

　　失去了萝卜的泥土心里空落落的,却并不难过。泥土知道,这种空落落的感觉正是萝卜留给自己最好的纪念。

蜗牛求友记

瞿光辉

有一天,蜗牛背着房子到处搬家,她要找一个好朋友。

她来到河边,河面上飞着一只蜻蜓,蜻蜓头上有很多很多眼睛,看什么都一清二楚。她想跟蜗牛交朋友,就在她家屋顶上歇一歇,蜗牛把身子往屋里一缩,搬屋子走了。蜗牛想,这个人飞得那么高——高不可攀。

中午时候,蜗牛把家搬上河岸,这时飞来一只蜜蜂,蜜蜂尾巴上长根刺,那根刺可厉害啦,如果有什么坏家伙要害他,他可不客气。他想跟蜗牛交朋友,就在她家门口歇一歇。蜗牛却冷冷地把门关上,搬屋子走了。蜗牛想,他老爱得罪人,这样的人难相处。

到了下午,蜗牛伸出两条触角,像一只矫健的麋鹿走在田野上。她碰到了蚯蚓。跟蚯蚓做朋友好不好呢?蚯蚓有长长的软软的身体,可他终年在地里耕田,天天跟泥巴打交道,这样的朋友——没出息。她独自走了。

这时已近黄昏,蜗牛慢慢地爬到了水田边,水田里的稻子在夏天的微风中摇曳,发出有节奏的声音。在沙沙的乐曲中有萤火虫在翩翩起舞。蜗牛看见萤火虫穿着时尚,羡慕极了。

"萤火虫女士,你真好看!"蜗牛慢条斯理地说。

"是吗?"萤火虫彬彬有礼地回答。

这时蜻蜓停在一根竹竿上,她早看见了,"蜗牛小妹,不要被她迷惑!"

"你胡说些什么呀?你妒忌我们的友谊吧?"

蜻蜓飞走了,天也暗了。

蜗牛把萤火虫请到家门口:"你休息休息,你累了吧。"

"不累不累,我就是喜欢在夜晚跳舞。"

看见蜗牛与萤火虫吹吹拍拍,打得火热,蚯蚓警告蜗牛说:"别跟萤火虫在一块儿,她是你的死敌。"

这时夜色已经笼罩了大地,有一些不知名的虫儿在那儿弹唱什么曲子。

萤火虫提着小灯笼在蜗牛身边飞来飞去。"这真是一个迷人的夜晚。"蜗牛心里甜滋滋的。

萤火虫飞近蜗牛,在她身上捻了几捻,蜗牛觉得很舒服,她像坠入梦境中一样,"萤火虫大姐,你真是我的好朋友。"

萤火虫对蜗牛说:"我们可是天上的神仙呢,所以我们都手提星星一样明亮的灯。蜗牛小妹,你想过神仙般的生活吗?"

"怎样才能过神仙一样的生活?"

"这很简单,我们有办法。"

"过神仙般的生活哪有这么简单呀?"蜗牛突然想起蚯蚓的话,警觉起来,想把门关上,可她迷迷糊糊的,已经力不从心了。她留下了门缝。

萤火虫就举起头顶上的一片颚,弯拢来成为一把钩子,尖利细小如一根毛发,萤火虫就用这个东西插进门缝,给蜗牛打了一针,然后轻轻地捻捻她,温和得好比一丝丝轻风。背着蜗牛壳的蜗牛舒舒服服地、不知不觉地变成了一锅鲜肉糜。蜗牛的门倒下了。别的萤火虫闻到了香味都飞来共进夜宵。

夜晚的天空静悄悄,田野上三三两两地忽上忽下闪耀着萤火虫的灯光。

度　量

　　　　　　　　　　余　途

　　水壶盛满海水,拍着胸脯夸口道:"我具有海的度量。"

　　壶的主人问:"你知道海有多深?"

　　水壶说:"和我的高度一样。"

　　主人又问:"海有多广博?"

　　水壶说:"我有多少,海便有多少。"

　　主人看海,海始终沉默着。水壶解释道:"这一点,海是默认的。"

　　主人愤怒地把水壶扔进大海,水壶迅速消失在海里。

　　过了很久,壶的主人在沙滩上发现了空荡荡的水壶,水壶告诉主人:"海不想吞没我,它把我托举出来,抛向沙滩,便悄悄地离开了。"

大鱼和小鱼

陈巧莉

在深蓝深蓝的大海里,有两条不知名的鱼,一条很大,一条很小。他们喜欢待在静静的水面上晒太阳。

每天,当太阳直直地照射在海面上,大鱼和小鱼就会不约而同地来到这里,懒懒地漂在水面上,周围是绿绿的海草和美丽的珊瑚礁。

有一天,大鱼对小鱼说:"小不点儿,我瞧你挺可怜的。"

小鱼眨眨眼睛:"为什么?"

"因为你太小了。"

小鱼听了低下头。大鱼这时候就显得特别得意。

那以后,他们俩还是常常在有太阳的日子里一起晒太阳。大鱼心情好的时候,会告诉小鱼许多事,比如他能潜到深海里,见过身体呈圆柱状的海参,见过八条长腿的章鱼……

大鱼说得越多,小鱼越自卑。

转眼,秋去冬来,太阳也变得珍贵了起来。

这一天,大鱼和小鱼又在一起晒太阳,大鱼像往常一样说着深海的见闻。

突然,不远处传来一阵汽笛声,紧接着平静的海面掀起了巨浪,正当他们要逃的时候,一张大网罩了下来。大鱼和小鱼连同周围的鱼儿们都被罩在了网里。

小鱼身体小,没费什么力就从网里逃了出来。

大鱼在网内,小鱼在网外。小鱼对着大鱼喊:"大鱼,大鱼,你快从网里逃出来吧!"

"不行!不行!我不像你,我的身体太大了呀……"大鱼绝望地说。

小鱼流着泪,没有听见大鱼后面的话,只看到大鱼和那张网随着又一阵汽笛声消失了。

海面上又恢复了之前的平静。

小鱼还是习惯在每个有太阳的晌午来到这里晒太阳,只是他身边再也不见那条大鱼的身影。大鱼不在,小鱼感到很孤独,但他发现,自己却不再自卑了。

小蜘蛛得到了爱

陈必铮

小蜘蛛盼望着得到别人的爱,他总是缠着妈妈问:"妈妈,怎样才能得到别人的爱呢?"

蜘蛛妈妈说:"孩子,爱就藏在丝网里,你学会编织它,就能得到爱啦。"

小蜘蛛很纳闷:织网不就是为了捉蚊子吗?怎么里边会藏着爱呢?但他还是跟着妈妈学起了织网。

有一天,一只甲鱼爬上岸来产卵。

蜘蛛妈妈对小蜘蛛说:"孩子,我们快到甲鱼妈妈的身边去织网吧。"

小蜘蛛歪着脑袋问:"我们为什么要到甲鱼妈妈的身边去织网呢?"

蜘蛛妈妈说:"甲鱼妈妈要是被蚊子叮了就会死去的,她现在最需要我们去保护她呀。"

小蜘蛛点点头,赶紧跟着妈妈滑下树来,在甲鱼妈妈的身边布开了密密层层的丝网。

甲鱼妈妈趴着一句话也没说。她产完卵后,就顾自爬回河里去了。

小蜘蛛噘起嘴巴:"你看,妈妈,我们这样辛辛苦苦地织网保护她,她可连一句好话也没说就走了哩!"

蜘蛛妈妈说:"孩子,如果你是真心诚意地爱护别人,为什么要别人感谢你呢?"

小蜘蛛红了脸,他记住了妈妈的话。

过了几天,小蜘蛛独个儿在树上布网,突然一阵风刮来,把他卷进了河里。小蜘蛛拼命挣扎,眼看就要被淹没时,猛地感到有谁在水里顶着他,一次又一次地把他托出水面,一直将他护送上岸。小蜘蛛爬上岸,还不知道是谁救了他的命。

小蜘蛛跑回去告诉了妈妈。

蜘蛛妈妈笑道:"孩子,这是你用自己对别人的爱换来别人对你的爱呀,现在你明白了吧?"

"妈妈,我明白啦!"小蜘蛛说,"原来,要想得到别人的爱,首先自己要学会爱别人,对吗?"

蜘蛛妈妈深情地笑了。

山溪与大海

黄继先

一场暴风雨过后,山溪从山顶上狂奔而下。

他一边跑一边喊:"快让开!我来了!"

山溪由于速度太快,和一些行动不便的树木、移动困难的石头发生了摩擦和冲撞。山溪的体能迅速消耗,当他冲破层层障碍来到平原时,已身瘦如柴、力如游丝,几乎失去了向前移动的能力。

幸好,途中遇到一条小河。好心的小河搀扶着山溪继续前进。

山溪问小河:"人生之路为什么这样曲折?生活为什么这样坎坷?"

"我也不大明白,"小河坦诚地说,"听说大海很有学问,你去问大海吧。"

经过长时间的艰苦跋涉后,山溪和小河都进入了海域。

流入大海的山溪豁然开朗:只有海纳百川的胸怀和包罗万象的气度,才知道什么是曲折和坎坷。

知 识 链 接

【文学常识】

一、什么是寓言

　　文学体裁的一种,以散文或韵诗的形式,讲述带有劝谕或讽刺意味的故事。结构大多短小,主人公多为动物,也可以是人或非生物。主题用意在惩恶扬善,多充满智慧哲理。素材多起源于民间传说。西方文学中最著名的寓言有古希腊的《伊索寓言》等。中国春秋战国时期已盛行寓言,有不少保留在《庄子》《韩非子》等著作中。

二、部分寓言作家介绍

　　(一)庄子

　　庄子(约公元前369年—前286年),名周,战国时期宋国蒙人。著名思想家、哲学家、文学家,是道家学派的代表人物,老子思想的继承和发展者。后世将他与老子并称为"老庄"。庄子曾做过漆园(今安徽蒙城县)小吏,生活穷苦。他一生淡泊名利,主张修身养性,清静无为,一直过着深居简出的隐居生活。庄子在中国哲学史上既是一位有着鲜明特色的伟大哲学家,又富于诗人的气质。他喜欢在著作中,用生动形象而又幽默诡异的寓言故事来阐述自己的思想,这种寓言的方式使庄子的思想和想象具有水一般的整体性。

(二)韩非

韩非(约公元前280年—前233年),出身于韩国贵族。《史记》记载,韩非精于"刑名法术之学",与秦相李斯都是荀子的学生。他是战国末期的思想家、政治家、法学家。其治国理论有积极意义的部分至今仍被人们推崇和沿用。同时,韩非还是一个讲故事的大师,他的许多寓言故事我们耳熟能详,譬如《自相矛盾》《守株待兔》《滥竽充数》《曾子杀猪》等。在他的《韩非子》中,共汇集这样的寓言故事三百多则,它们已经成为中国文学中的瑰宝而世代相传。

(三)刘基

刘基(1311年—1375年),明初大臣、文学家。字伯温,浙江青田人。刘基佐明太祖朱元璋平天下,太祖比之为张良,为政颇有知人之明。刘基精通天文、兵法、数理等,尤以诗文见长。其文与宋濂齐名,诗与高启并称。诗文古朴雄放,不乏抨击统治者腐朽、同情民间疾苦之作。著有《诚意伯文集》。

(四)刘元卿

刘元卿(1544年—1609年),明代理学家、教育学家、文学家,字调甫,莲花县坊楼乡南村人。他从小发奋读书,却屡试不中,于是绝意功名,回到家乡,研究理学,收徒讲学。他的寓言集《贤奕编》脍炙人口。

(五)冯雪峰

冯雪峰(1903年—1976年),中国现代著名的诗人、作家、文艺理论家、社会活动家,浙江义乌人。冯雪峰以中国古代寓言为基础,又吸收了外来寓言的体裁和表现方法,并进行了大胆创新,最终创造出了一种有别于传统的现代新寓言,形成了自己独特的艺术风格。他的寓言构思奇妙,形象鲜明,寓意深邃,表现出了广泛的带有时代印记的社会生活,具有很高的文学性和艺术性。作为现代文学史上极少数以寓言创作著称的作家之一,冯雪峰是中国现代寓言当之无愧的代表。主要寓言作品有《今寓言》《百喻经故事》《雪峰寓言》等。

【要点提示】

寓言的艺术特点

寓言要有一个通俗、明了、简单的故事,精彩的故事是好的寓言的开始。寓言的篇幅短小,其目的是寓理于事,通过讲述故事来达到说理和警世醒人的最终目的,所以,故事情节设置得好坏关系到寓言的成功与否。

寓言中的寓意是寓言的灵魂。一则寓言故事必然要有简单、明白的道理,这是寓言必不可少的组成部分。但寓言中的寓意或者说是道理,是隐藏在寓言故事中的。寓意是一根看不见的线,大多数时候,这根线并不会直接在文字中体现,要靠读者去用心体会才能得到。

【学习思考】

一、本书选编了许多优秀的寓言故事,读完后,你能结合具体篇目,说说寓言故事有哪些特点吗?

二、这本书的哪些寓言故事你比较喜欢,说一说它们给你的启示。

三、你能模仿本书的一些寓言故事,来试着写一些新寓言吗?